満月珈琲店の星占い

心が整う12星座のスイーツ

文　望月麻衣
絵　桜田千尋

満月珈琲店

Menu

12星座のホロスコープ

太陽の星座

生まれた日——つまり、誕生日に太陽が滞在していた星座によって決まります。

太陽の通り道である黄道上にある12の星座を指し、一般的な12星座占いで使用されます。

太陽は、外側に見せる社会の顔で、お店でいうところの看板です。まずはあなたの太陽星座を誕生日から見ていきましょう。

月の星座

生年月日と生まれた時間に基づいて導き出します。生まれた瞬間に月が滞在していた星座によって決まります。月は、自分の内面(素の部分)、心を示します。太陽がお店の看板だとするなら、月は店長でしょうか。いくらお店が繁盛しても、店長が満たされていないと幸福感は得られないものです。太陽星座だけでなく、あなたの月星座もぜひ調べてみてくださいね。

【月星座の調べ方】

星読みテラス「ホロスコープ 一重円」
https://sup.andyou.jp/hoshi/horoscope/

「星読みテラス」では一重円のホロスコープを作成することができます(無料で、登録も不要です。アカウント登録いただくとホロスコープの保存や印刷機能などをお使いいただけます)。このホロスコープの「月」マークがあるところがあなたの『月星座』になります。

※出生時間が不明な場合、時刻は12:00に設定してください。※「ハウス分割法」が不明の場合、「プラシーダス」に設定してください。※『月星座』は前後6度移動する可能性があるため、星座の境目に月がある場合、2つの星座を参考にして、どちらがよりあなたらしいかを読み比べ、近い方をご覧ください。

満月珈琲店

Introduction

はじめまして、『満月珈琲店』のマスターです。
ようこそ、おいでくださいました。
今宵は満月。星座にちなんだメニューとともに
12星座を巡る旅に出ましょう。

1

西洋占星術では、12 星座のことを『サイン』と呼びます。
実は、天文学の星座と、占星術でいう星座は異なるのです。
西洋占星術における 12 の星座は、太陽の軌道である『**黄道**《こうどう》』を基に
作られており、この黄道の上にある星座を 12 等分したものを
『**黄道十二宮**』といいます。
12 等分された**黄道帯**《たい》は、それぞれ 30 度の領域となっております。

西洋占星術の起源は、古代バビロニアにまで遡るのですが、
その頃から長い年月をかけて星の位置も少しずつ変わってきています。
しかし、西洋占星術は、天文学とは異なる目的で発展していったため、
昔のままの星の位置を使用しています。
その他、様々な要因もあり、天文学の星座と占星術の星座は、別物とお考えください。

2

サインを理解するのに必要な『区分』についてお話しいたします。
12 星座は、『**2区分**』、『**3区分**』、『**4区分**』に分けられます。
こう聞くと、耳慣れない半端な数字に混乱してしまうかもしれません。

では、このように考えてみてください。もし『銀河学園』という学校があったとして、
その学校の太陽系クラスにいるのが、12 人（星座）の生徒たち。

担任の先生は、生徒たちに呼びかけます。「まず、男女に分かれてください」

これが『**2区分**』です。

ただ、これは単に性別としての分類ではなく、『**極性・ポラリティ**』を指しています。

つまり、男性的・女性的要素で『**2区分**』というわけです。

能動的と受動的、プラスとマイナスのように、対極を指しているのです。

占星術では、これを**【男性宮】**、**【女性宮】**と呼んでいます。

【男性宮】

陽・動・外・火・風

おひつじ座
ふたご座
しし座
てんびん座
いて座
みずがめ座

【女性宮】

陰・静・内・水・土

おうし座
かに座
おとめ座
さそり座
やぎ座
うお座

3

『3区分』が指すのは、**『性質・クオリティ』**です。**【活動宮】**、**【固定宮】**、**【柔軟宮】**に分けられるのですが、こちらは気質の違いを表します。担任が通信簿のためにメモをする生徒記録をイメージしてください。**【活動宮】**は**『とにかく活動的な子』**、**【固定宮】**は**『なにかと慎重な子』**、**【柔軟宮】**は**『周りに合わせられる柔軟な子』**。

【活動宮】

おひつじ座
かに座
てんびん座
やぎ座

【固定宮】

おうし座
しし座
さそり座
みずがめ座

※固定宮は不動宮ともいいます。

【柔軟宮】

ふたご座
おとめ座
いて座
うお座

4

『4区分』は、**『属性・エレメント』**を指し、**【火】**、**【地】**、**【風】**、**【水】**です。これは、生徒たちが使える魔法と考えるとわかりやすいです。

【火】

冒険心や野心といった力強さを持ち、無から有を生み出すエネルギー

おひつじ座・しし座
いて座

【地】

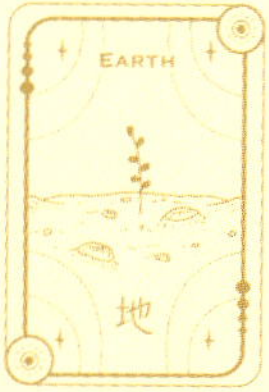

抽象的な物事を現実に落とし込んで形にしていき、豊かさを蓄えるエネルギー

おうし座・おとめ座
やぎ座

【風】

情報に関する高い感度を持ち、知的なことに関心があり、情報を他の人に広げていくエネルギー

ふたご座・てんびん座
みずがめ座

【水】

思慮深く、感受性や共感性に優れ、人を包み込む優しさを持つエネルギー

かに座・さそり座
うお座

こんな風に、みなそれぞれに、素敵な魔法を使うことができるのです。

5

あなたの星座を助けてくれる星を**【支配星《ルーラー》】**といいます。
『支配星』と書きますが、上から押さえつけて支配するものではなく、星座を守護する星です。本書では星座たちを銀河学園の生徒になぞらえているのですが、まさに生徒にとっての担任の先生のような存在といえるでしょう。

さて、これらをふまえて、次ページから素敵な12の星座たちをそれぞれの星座に合わせてお作りしたスイーツとともにご紹介していきますね。

おひつじ座の
いちごフレンチトースト

✸ 3月21日〜4月19日生まれ

おひつじ座さんが管轄するのは、桜が咲き始める春です。

日本では、入学、新学期、入社、新生活と新しいことがはじまる季節ですね。

この時季はぜひ、なにかひとつでも良いので恐れずに新しいことにチャレンジしていただきたいです。

12星座のトップバッターであるおひつじ座さんは、まさに先駆者・開拓者《パイオニア》の資質を持った方で、
気づけばいつも先を走っているタイプ。新しい物を取り入れることで、良い方向へと向かっていけます。

いちごのビビッドな赤はまさにおひつじ座さんを象徴する色。フルーツの中でも手軽に食べられるので、
せっかちな一面もあるおひつじ座さんにもピッタリです。

そんなわけで、今宵、『いちごフレンチトースト』をご用意いたしました。

おひつじ座さんが管轄する春が旬のいちごと、フレッシュなミルクから作った生クリームの
フレンチトーストで、時にはひと息ついてくださいね。

熱いコーヒーとご一緒にどうぞ。

おひつじ座のバロメーター

積極性 ★★★★★
とにかく先手必勝！〝一番〟が好き！

忍耐力 ★☆☆☆☆
先のことはわからない。なにより今が大切。

社交性 ★★★☆☆
ひとりが楽だけど、ライバルがいると元気が出る。

優しさ ★★★☆☆
「みんなが嫌なら、私がします」と、手を挙げることも。

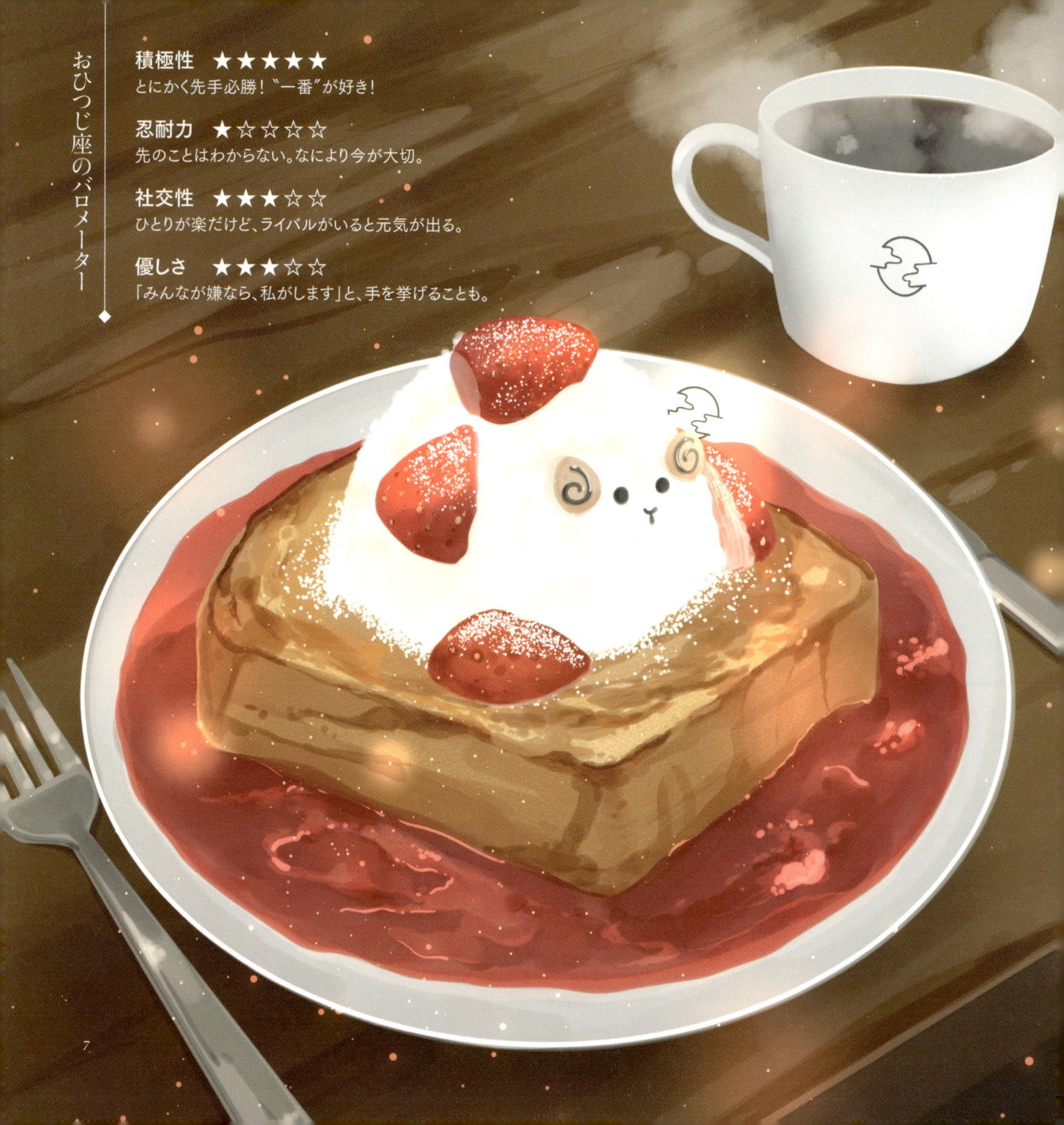

おひつじ座
Aries

こうと決めたら、自分にも止められない。
まっすぐな開拓者《パイオニア》。

開拓者・積極的・負けず嫌い・勝負師・純粋・勇気がある・今が大事。
それが、おひつじ座さんです。
区分を見ていくと、2区分は【男性宮】、3区分は【活動宮】、4区分は【火】。
すべてが『動く』エネルギーなわけですから、これはもう誰にも止められません。
というのも、おひつじ座は12星座のスタート。
トップバッターとなる、走り出す星の下に生まれた星座といえるでしょう。

✵ 2区分 ✵

✵ 3区分 ✵

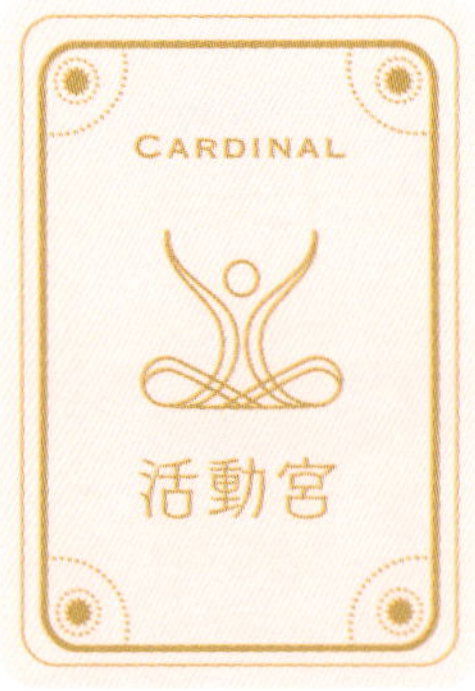

✵ 4区分 ✵

✵ 支配星《ルーラー》 ✵ **火星**

マスターから一言

Message from master

本当に『銀河学園』があって、12星座の生徒がいたら、おひつじ座さんは、クラスのリーダー的な存在になっていそうです。

なにか面白いことを思いつき、それを声に出し、実現に向かって周りを引っ張りながら走っていくでしょう。

おひつじ座さんは常に、今が大事だと考え、熱が冷めたらすぐに次へと意識が向かいます。未知の体験にわくわくする子どものような純真さ、怒ったとしてもすぐに忘れるさっぱりとした気質を持っているのが特徴で、時々そんなところを人に怒られてしまうこともあるかもしれませんが、それはあなたの大きな武器です。

あなたのように、恐れよりも好奇心を胸に、わくわくしながら突き進んでくれる方がいるおかげで、道が拓けて、他の人たちが後に続けるのです。

太陽星座がおひつじ座の人の特徴

Characteristics

- 率先して動くので、リーダーになりやすい
- 怒りは体を動かして発散することで落ち着かせる
- 理不尽なことを言われたら、立場が上の相手でも真正面から堂々と闘う
- 物事に対し、ストレートにぶつかっていく
- 遠回しな言葉や態度を嫌う面がある
- すぐに結果を求める傾向がある
- 返事を待っている間に気が変わることがある
- じっくり恋愛を楽しむより、瞬間的な情熱を楽しみたい
- 情熱的で、ストレートな愛情表現をする

おひつじ座的ファッション

Fashion

シンプル・動きやすい・邪魔にならない髪形・両手があく鞄・スエット・デニム・かっこいい系のコーデ

月星座がおひつじ座の人へのアドバイス

考えるよりも行動する人

直感に従い、自分を自由に表現する時、心が安定する

おうし座のラ・フランスタルト

4月20日～5月20日生まれ

おうし座さんの季節は、『春の終わり』。はじまりの春を経て、新しい生活が根付く時季です。おうし座さんはもともと『五感』が敏感。そんなおうし座さんが管轄のこの季節は、五感が冴える時でもあります。ぜひ、自分の感覚を信じて、衣食住を整え、丁寧な暮らしや贅沢なひと時を過ごすことを心掛けてみてください。

おうし座と聞いて浮かんでくるのは、甘さ、贅沢さ、人当たりの良さ、粘り強さ、そして高貴で美的センスが良い方。そこからイメージされるのはラ・フランスです。フランス原産のラ・フランスは、そのあまりの美味しさに「わが国を代表するにふさわしい」と国名を冠した名がつけられたとか。

今宵、『ラ・フランスタルト』で、おうし座さんのラグジュアリーなイメージを体現してみました。濃厚でとろけるような甘さと贅沢さが同居した、最上級を好まれるおうし座さんの舌をも唸らせるこちらのスイーツを、ぜひ芳醇な紅茶とともにご堪能ください。

おうし座のバロメーター

積極性 ★☆☆☆☆
スローな動きで時間は掛かるが、
決めたら粘り強い

忍耐力 ★★★★★
目標を決めたら忍耐強くコツコツと頑張る

社交性 ★★★☆☆
人付き合いは悪くないが、
3人以上でいるのは苦手

優しさ ★★★☆☆
平和主義で基本的に優しいが、
我慢している可能性も!?

おうし座
Taurus

美しさと豊かさに囲まれていたい。
心穏やかな貴族。

現実的・形にこだわる・マイペース・五感に優れる・美的センスがある・
芯が強く継続力がある。それが、おうし座さんの特徴です。
意志が強いので信用されやすく、人に安心感を与えるでしょう。
その一方で、変化を嫌い、自分が納得しなければ、なかなか動き出すことができません。
なんといっても、2区分は【女性宮】、3区分は【固定宮】、4区分は【地】と、
すべてが『動かない』、固定させる性質を持っているのです。

2区分

3区分

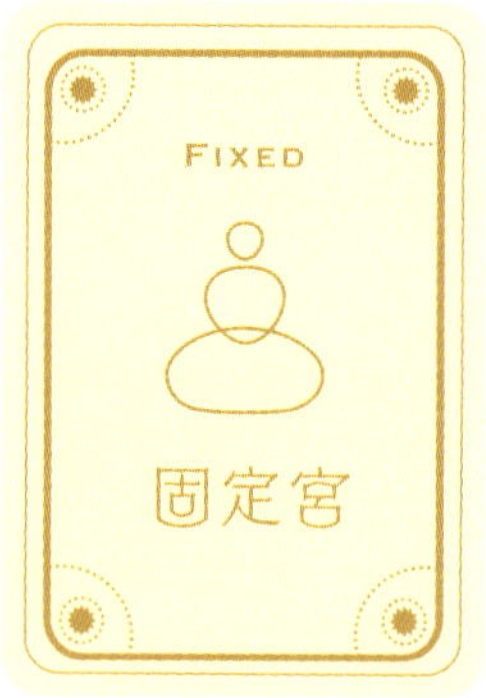

4区分

支配星《ルーラー》　**金星**

マスターから一言

Message from master

本当に『銀河学園』があって、12星座の生徒がいたら、おうし座さんはイベントの時にクラスでピアノを弾く係になっていそうです。

クラスの中でとてもおっとりしていてみなに癒しを与える、そんな存在になっているおうし座さんは、一方で、自分の考えに固執してしまう、頑固な面も持ち合わせています。

時々、周りの人と比べて、すぐに動けない自分に対してほんの少し焦ることもあるかもしれません。でも、大丈夫。星にはそれぞれペースがありますから、周りとペースを合わせるよりも、自分のペースに忠実であることの方が大切です。

なによりおうし座さんは『動く』と決めた時は、大きな力を持って動き出すものです。動けない時は、まだ時が満ちていないということ。

ぜひ、五感を研ぎ澄まし、来《きた》るべき日に備えてくださいね。

太陽星座がおうし座の人の特徴

Characteristics

- ✦ マイペースでおっとりタイプに見えるが、実は誰よりも芯の強いしっかり者
- ✦ 所有欲があり、お金、好きな物はもちろん、好きな人の気持ちも所有したがる
- ✦ 自分のセンスや感覚にこだわりを持ち、考え方も好みもブレない
- ✦ 美味しいお店を開拓したいのに同じ店に通いがち
- ✦ 噂や口コミなど自分で確認できないことは、参考にはするが、基本的にはスルー
- ✦ 頑固で納得しないと動かないが、覚悟を決めたら形にするまでコツコツ努力する
- ✦ 経験を大事にしながら物事を習得するので、時間は掛かるが、身につけたらプロフェッショナル
- ✦ 現実主義だが、五感に優れ、香りや音楽・セラピー・スピリチュアルなことに敏感

おうし座的ファッション

Fashion

素材や質の良い物・長く愛せる物・ハイブランドなどハイセンスな物・高級感あるコーデ

月星座がおうし座の人へのアドバイス

穏やかでマイペースな人

自分の『好きな物』に触れ、五感を整えることで心が安定する

ふたご座のさくらんぼパフェ

5月21日〜6月21日生まれ

天地が生命力で満ちる、成長の季節である初夏が、
ふたご座さんの季節です。
ふたご座は、学び、発信、コミュニケーションなどを司るサイン。
この時季はぜひ、思いを発信したり、
創作をしたり、人に会ったり、
知的な刺激を受けていただきたいです。
ふたご座と聞いて浮かんでくるのは、気易さ、
オリジナリティ、人を飽きさせない、多様、
というイメージ。
頭の回転が速く、好奇心旺盛で器用な
ふたご座さんは良くも悪くも、
いつも様々な思いを巡らせていることでしょう。
物事を先回りして考える癖があるため、
それが慎重さに繋がる半面、
考えすぎて疲れてしまうこともありそうです。
そんなふたご座さんにピッタリなのは、
ズバリ、さくらんぼ。
甘さとともにやってくる酸味が、
常にフル稼働な日々に
元気を与えてくれるでしょう。
今宵ご用意いたしましたのは『さくらんぼパフェ』。
ひと口で甘み、酸味、食感など
重層的な味わいが楽しめるので、
移り気なふたご座さんをも満足させる一品です。

ふたご座のバロメーター

積極性 ★★★☆☆

好奇心旺盛で、軽やかに
積極的に人と繋がる

忍耐力 ★★☆☆☆

頑張っている時、
どこかに冷めたもうひとりの
自分がいることも!?

社交性 ★★★★☆

コミュ力高め。どんな人とも、
どんな場面でも対応可能

優しさ ★★★☆☆

冷静に見えるけれど、
実はあれこれ考える
気遣い屋さん

ふたご座
Gemini

おしゃべり好きで賢く情報通。
楽しさを求めて飛び回る妖精《フェアリー》。

好奇心旺盛・知的・情報収集能力が高い・器用・臨機応変・軽快・自由・

束縛は苦手・スピード感がある。それが、ふたご座さんの特徴です。

区分を見ていくと、2区分が【男性宮】で、3区分が【柔軟宮】、4区分が【風】。

つまり、活動的でありながらも柔軟性があり、風のように軽やかであることがわかるでしょう。

ふたご座さんは、『双子』に現れているように二面性があります。

情熱と冷静さ、強気と弱気が共存している面もあるのです。

✸ 2区分 ✸

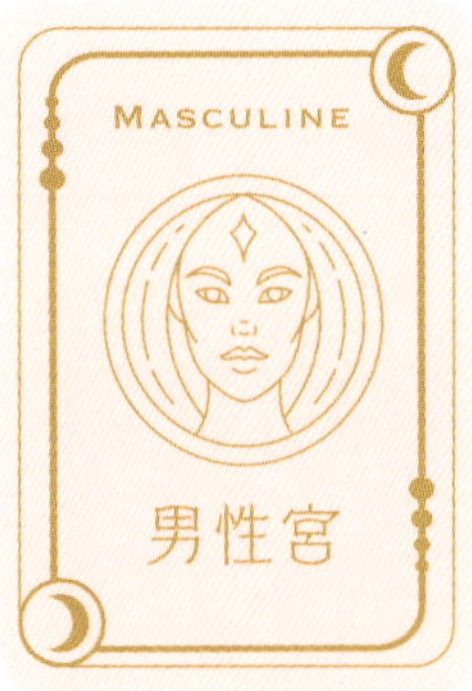

✸ 3区分 ✸

✸ 4区分 ✸

✸ 支配星《ルーラー》 ✸ **水星**

マスターから一言
Message from master

本当に『銀河学園』があって、12星座の生徒がいたら、ふたご座さんはおそらく新聞部に入っているでしょう。

好奇心旺盛で、情報収集能力に長けており、わりとなんでも器用にこなしてしまうタイプです。が、飽きっぽいので、『器用貧乏』になってしまったり、広く浅く多くの人と付き合っていける面が、『八方美人』に見られてしまったりすることも。

でも、それがふたご座さんの強み。あなたは良い意味で、特定の物に深入りせず、様々な物に興味を広げていけるのです。

この世は、面白さで満ち溢れています。どうか自分の心に従って、生き生きと動き、人と繋がっていってください。

ただし、時には気疲れすることもあるので、自分が好まない事柄とは距離を置くことも大事でしょう。

太陽星座がふたご座の人の特徴
Characteristics

- 好奇心旺盛で学ぶこと、話すこと、書くことが好き
- "飽きっぽい" は "興味がなくなった" だけ
- 難しいことを、わかりやすく実用的に変化させるのが得意
- 単純作業や繰り返しの作業は苦手
- 基礎を知ったらなんとなく満足して次に向かいがち
- 同時進行で仕事や勉強ができるマルチタスク脳
- 恋愛でも友情でも会話が弾む関係が好き
- 深く追及されたり、しつこくされたりするのは苦手
- 言葉巧みに交渉を進めるのが上手で、あらゆる状況に対応可能

ふたご座的ファッション
Fashion

面白い柄やデザイン・流行の物・若々しいファストファッション・軽やかに動ける・個性的な柄やデザイン・パンツタイプのオールインワン・少年っぽいコーデ

月星座がふたご座の人へのアドバイス

変化を求める人

絶え間ない変化を好み、新たな情報に触れ、変容を認めることで心が安定する

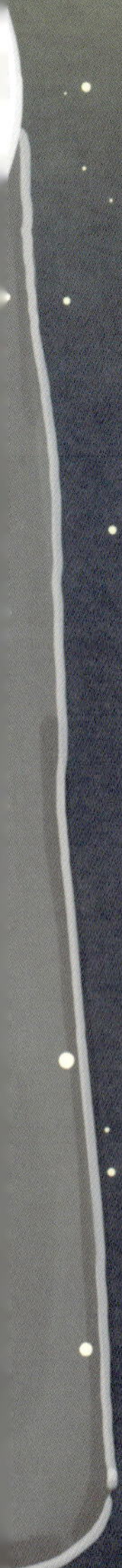

かに座の
バナナホットケーキ

✷ 6月22日～7月22日生まれ

『二十四節気』で『夏至』と呼ばれる頃に、かに座の時季がやってきます。夏至は、1年の中で最も昼の長い日。

このかに座の季節は、大切な人たちと心の距離を縮めるのに適しています。

ぜひ、家族や仲間と親睦を深める場を意識的に作るようにしてみてください。

かに座の特徴として、共感力が高く、他の人の気持ちにとことん寄り添ってしまう優しさが挙げられます。

家族、友人や仲間などとの絆も強いタイプです。一方で、意外と好みは庶民派。

あまり冒険はせず、定番の物を好む傾向があります。そんなかに座さんには、バナナがおすすめです。

果肉の色である白もかに座さんにフィットするカラーです。

今宵、ご用意いたしましたのは『バナナホットケーキ』。

基本的に自宅にいるのが一番ホッとできるかに座さんには、手軽に作れて、食べ慣れた味、
そしてどこか懐かしいこのスイーツが心に休息を与えるでしょう。

月の裏側の温室で収穫したまったりと甘いバナナに、チョコレートソースをたっぷりかけて召し上がれ。

かに座のバロメーター

積極性 ★★★★☆
愛する人や家族のためなら無条件に動ける

忍耐力 ★★☆☆☆
応援や感謝があれば頑張れる！　ただし気分屋の一面も

社交性 ★★★☆☆
初対面で「敵か？　味方か？」のジャッジをくだす

優しさ ★★★★☆
仲間には、とことん優しく、面倒見が良い

かに座
Cancer

繊細で心優しく、誰かを護《まも》る時は強い。
聖域の女神。

感受性が豊か・共感力が高い・愛情豊か・優しい・親しみやすい・お世話好き・身内や仲間意識が強い。それが、かに座さんの特徴です。

区分を見ていくと、2区分が【女性宮】、3区分が【活動宮】、4区分が【水】。

意識が内に向いていながらも、活動的なエネルギーを持っています。

それは、『自分が興味を持ったこと』に対して力を出せる、動ける、ということでもあります。

とくに4区分の【水】は、とても感情豊かであることを示しています。

2区分

3区分

4区分

支配星《ルーラー》　月

マスターから一言

Message from master

本当に『銀河学園』があって、12星座の生徒がいたら、かに座さんはきっと、いつもクラスメイトの悩みを聞いている、頼られ屋さんタイプ。自然と人のお世話をし、気に入った人にはとくに過保護になってしまう部分もあり、自分まで胸を痛めて涙してしまったり、悩みを打ち明けた当人より悩んでしまったりすることもあるかもしれません。

そんなかに座さんには一方で、自分の認めた仲間以外には時に無関心になるなど『内と外を分ける』ところがあり、相手を『敵』だと認識したら一気に心を閉ざしてしまう傾向があります。かに座だけに、硬い甲羅の中に心をしまってしまうのです。でも、それはかに座さんの防衛本能。自分の心の声に耳を傾け、自分に危害を加える人、自分を傷つける人とは距離を置いて、自分が『楽しい』と感じることを大切にしてくださいね。

太陽星座が かに座の人の特徴

Characteristics

- ✦ 初対面は頼りなく見えがちだが、仲良くなれば一気にみんなの保護者になるタイプ
- ✦ 共通点を見つけ、仲間を作るのが上手
- ✦ 優しいけれど、月の満ち欠けのごとく気分が変わりやすい
- ✦ 想像力が豊かで、人の求めていることや不安を先読みしてサポートするのが得意
- ✦ 衣食住に価値を置き、丁寧な生活をする人が多い
- ✦ 縁や絆を人一倍大切にするからこそ、家族や友人のことで悩みがち
- ✦ どこへ行っても、これまで育ってきた環境でのルールや考え方を大切にする
- ✦ 自分の信条を守るために、考えが違う人には用心深い

かに座的ファッション

Fashion

リネンなどの肌に優しい天然素材・優しい色合い・親しみやすい雰囲気のコーデ

月星座がかに座の人へのアドバイス

人との繋がりを求める人

感受性、共感力、想像力が豊か。自分の感情を大切にすることで心が安定する

MANGETSU

しし座のメロンボウル

7月23日〜8月22日生まれ

しし座さんが管轄するのは、夏真っ只中の、
『二十四節気』では『大暑《たいしょ》』と呼ばれる時季です。
また『ライオンズゲート』という銀河への扉が開く
エネルギーに満ちた特別な季節でもあります。
この季節は、普段謙虚になりすぎて
前に出ることが苦手な人も
ぜひ自己を前面に出し、
自分が人生の主役であることを意識して
過ごしてみましょう。
しし座さんといえば、スター性。
生まれながらにして華があり、
どこへ行っても堂々とした存在感を放ちます。
そんなしし座さんからは華やかで、
豪華なメロンのイメージが浮かんできます。
今宵は、メロンをまるまる贅沢に使って
大胆にししを表現した、
輝くばかりのスイーツ、
『メロンボウル』をご用意いたしました。
心身ともに充足感を得ることで、
日常に潤いを与えてくださいね。

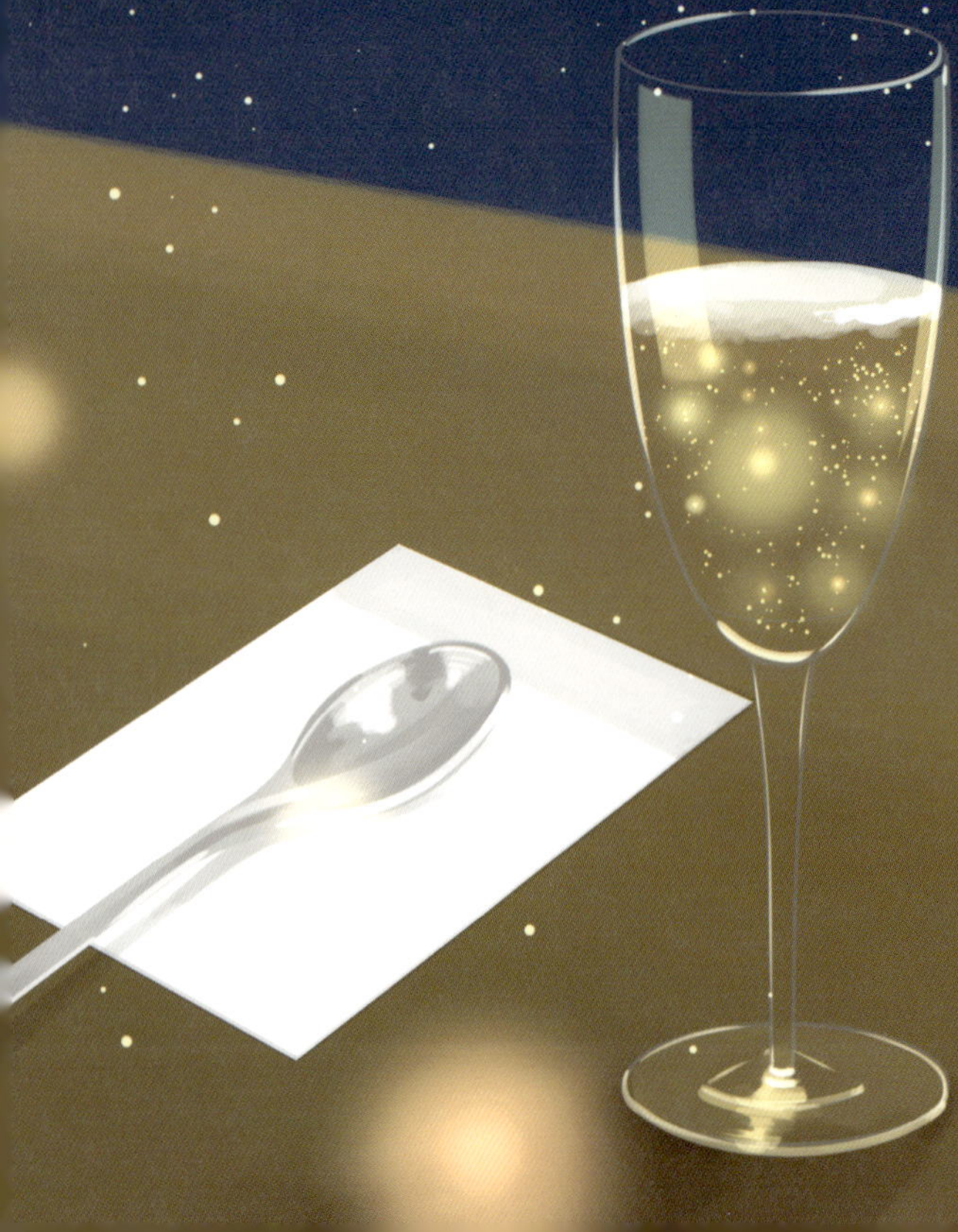

しし座のバロメーター

積極性 ★★★★★
陽の当たる場所に向かって積極的に動く

忍耐力 ★★★★☆
自分らしくいるための努力は惜しまない

社交性 ★★★☆☆
主役になりつつ、周りの人も楽しませるエンターテイナー

優しさ ★★★★☆
困っている人がいたら
無視することができないヒーロー気質

しし座

Leo

愛すべき唯我独尊。
玉座にドンと構える城主。

明るい・情熱的・親分肌・華がある・自己肯定感が高い。それが、しし座さんの特徴です。

区分を見ていくと、2区分が【男性宮】、3区分が【固定宮】、4区分が【火】。

こうして見ると、外に向かうエネルギーに加えて、火の性質を持ちながらも、
実は固定宮――つまり「そこに留まる」という気質を持っています。

これは、まさに強い獅子が玉座に座っている姿を連想させます。

公明正大で強い信念を持っていますが、実は幼さも併せ持っているのです。

✷ 2区分 ✷

✷ 3区分 ✷

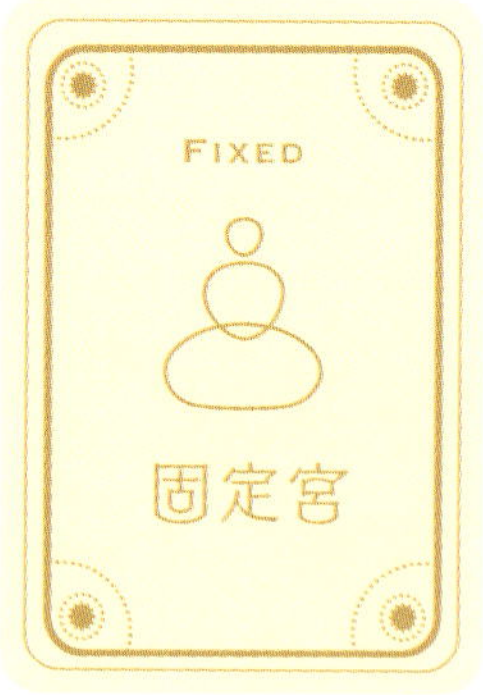

✷ 4区分 ✷

✷ 支配星《ルーラー》 ✷　**太陽**

マスターから一言
Message from master

本当に『銀河学園』があって、12星座の生徒がいたら、しし座さんは間違いなく、学園祭で大活躍しているタイプです。

子どものように無邪気で純粋、イベント事が大好きで、自分にスポットが当たることで輝けるしし座さんは、周りの人をいつも全力で楽しませようとします。

ただ、光があれば影があるもの。実はとても落ち込みやすい一面も持っています。

一生懸命頑張ったのに、相手に不本意なことを言われたりすると、どうしたら良いかわからなくなってしまうことがあるかもしれません。

でも、そんな時はむしろ、とことん落ち込んでみてください。

あなたは光を持って生まれてきているので、いつまでも暗いままでいることはなく、落ち込んだ後はすっくと立ち上がり、再び歩き出すことができますよ。

太陽星座がしし座の人の特徴
Characteristics

- 自分では大人しいと思っていても、天然のオーラや光を放ち、なぜか目立つ主役タイプ
- 輪の中心にいられないとすねる寂しがり屋
- 華やかな物や存在感のある人が好き
- 誰かの悩みを自分事にして、親身に相談に乗る
- 困っている人のために、自分にできることを懸命にする
- 子育てを心から楽しめる
- 周りに応援してくれる人がいると、さらに力を発揮する
- 平凡が苦手
- 特別な自分であるために、創造性を発揮する
- ドラマチックな人生に憧れる

しし座的ファッション
Fashion

明るい色・光沢感のある素材・柄物・ハイブランド・ハイクオリティなコーデ

月星座がしし座の人へのアドバイス

一流を好む人

強さとカリスマ性を内に秘めている。自分を表現することで心が安定する

おとめ座のりんごレアチーズケーキ

8月23日〜9月22日生まれ

暑かった夏の余韻が残る中迎えた涼しさに
喜びを感じる季節――秋のはじまり。
それが、おとめ座さんの季節です。
おとめ座さんが管轄するこの時季は、整理整頓、
体調管理、ダイエットなどに適した期間でもあります。
ぜひ、心身ともに『整える』ことを心掛けてみてください。
おとめ座さんといえば、賢く控えめ、
そして完璧主義者です。
でも、いつもストイックでいるのは疲れてしまうものです。
そんなおとめ座さんから浮かんでくるのは、
心身のバランスを整える、食べると健康になる
フルーツであるりんご。
「1日1個のりんごで医者いらず」ということわざが
イギリスにもありますね。
銀河の森のりんごで作った『りんごレアチーズケーキ』を
ご用意いたしましたので、疲労回復してくださいね。

おとめ座のバロメーター

積極性 ★★★★☆
控えめだけれど、より良い方向へ導くためには積極的になる

忍耐力 ★★★★☆
完璧を求めてコツコツ頑張る

社交性 ★★★☆☆
相手に合わせるのが得意

優しさ ★★★★☆
誠実さ・気配りの心・思いやりを併せ持つ

おとめ座

Virgo

有能で物腰柔らかく職人気質。素晴らしき理想の執事。

人の役に立ちたい・完璧主義・実務能力や管理能力が高い・分析好き・勤勉・誠実・控えめ。それが、おとめ座さんの特徴です。

こうして見ると隙がないように思えますが、区分を見ていくと、2区分が【女性宮】で3区分が【柔軟宮】と、意外と柔らかな性質も持っているのです。

しかし、4区分にズンと【地】が鎮座しているためすぐには動けない面も。

これが重しとなってストップが掛かってしまうかもしれません。

✷ 2区分 ✷

✷ 3区分 ✷

✷ 4区分 ✷

✷ 支配星《ルーラー》 ✷ **水星**

マスターから一言

Message from master

本当に『銀河学園』があって、12星座の生徒がいたら、おとめ座さんはきっと、クラスの副委員長タイプ。

おとめ座さんは、とても仕事ができるのですが、率先して前に出たいとは思いません。縁の下の力持ちでいることを望むからです。

一見、委員長のサポートを完璧にこなしているように見えますが、実はその内側はとても繊細で優しく、疲れてしまうこともあるでしょう。

そういった弱みを人に見せたり、表に出したりするのを自分で禁じてしまう部分もあります。

もし、誰かに対する批判が自分の中に湧き出してきた時は、我慢しすぎの合図。

おとめ座さんは、もっと自分を甘やかして良いのですから、疲れた神経を癒すマッサージや温泉、美味しいスイーツなど、自分にご褒美をあげてリフレッシュしてくださいね。

太陽星座がおとめ座の人の特徴

Characteristics

- ✦ 自分のことより人の役に立つことに安心感や喜びを覚える。自己主張は控えめ
- ✦ 相手に合わせ、状況に臨機応変に具体的に対応するのが得意。有能な秘書や執事タイプ
- ✦ 完璧主義のため、あらゆる人や環境に対応しようと頑張りすぎ、手元の仕事が山積みになりやすい
- ✦ 勤勉で働き者
- ✦ 器用で、どんな仕事をどんな環境で与えられても対応可能
- ✦ 綿密なスケジュール管理が得意
- ✦ 物事を整理整頓し、具体的に対策を立てられる
- ✦ 健康意識が高い
- ✦ ミニマリストな一面も
- ✦ 実はこだわりが強い
- ✦ 自分に厳しく謙虚なので、人から信頼・信用を得やすい

おとめ座的ファッション

Fashion

知的で清潔感のある服・TPOに合わせたコーデ

月星座がおとめ座の人へのアドバイス

思慮深く、優しくまっすぐな人

分析力が高い。人の役に立てていることを実感する時、心が安定する

MANGETSU

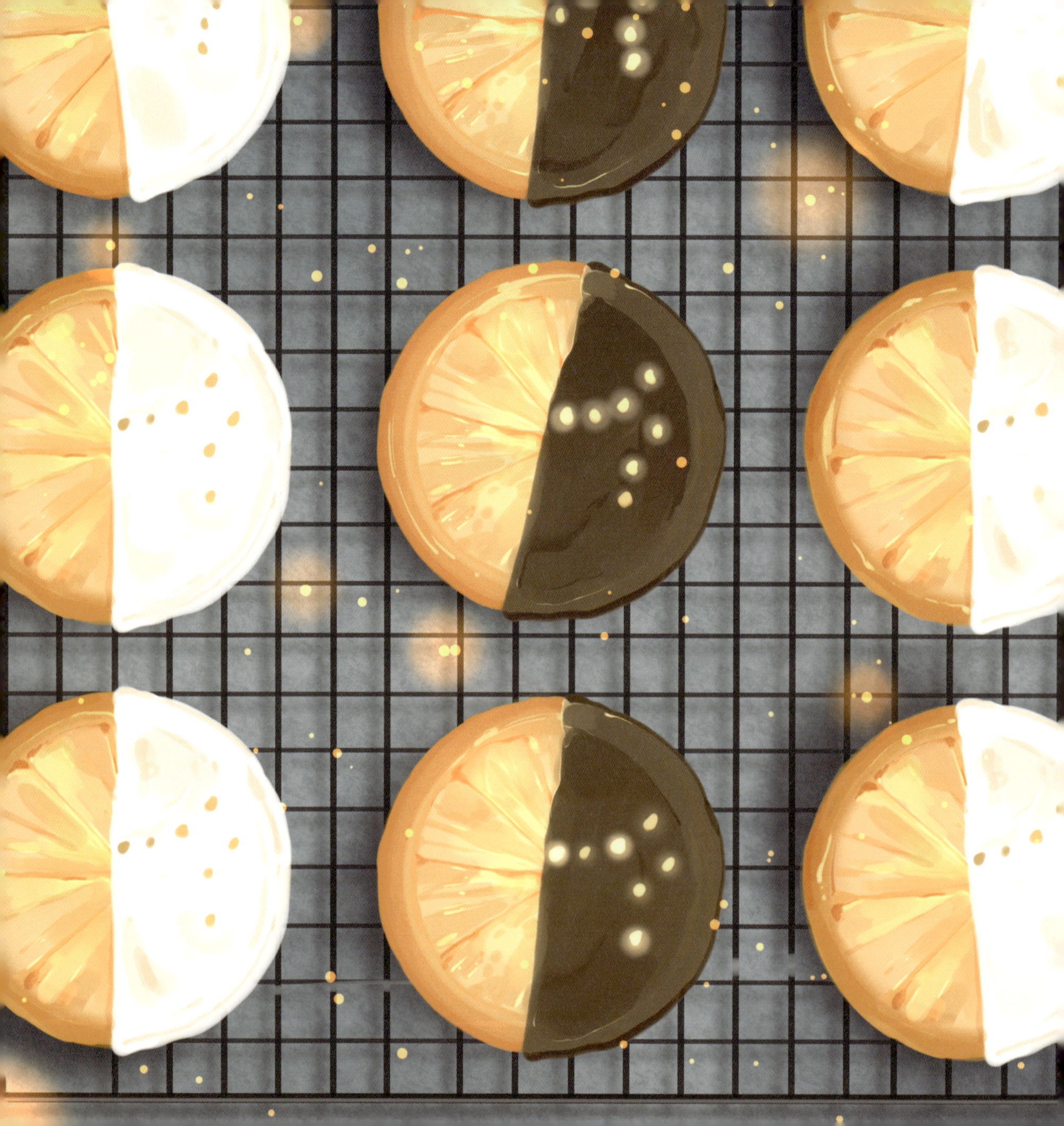

てんびん座のオランジェット

9月23日～10月23日生まれ

秋も本番。てんびん座さんが管轄するのはスポーツの秋。この時季は、色づき始める木々の葉を眺めながらのウォーキングや、公園でのスケッチ、美術鑑賞など、活動的に過ごし、ご自身の好奇心を満たしましょう。てんびん座さんといえば、バランスよく、色々なことにチャレンジできるという特徴があります。また、流行の物を取り入れたり、美容に良い物を見つけたりしながら、自分にとって良い物を組み合わせて生活していくのも得意。そんなてんびん座さんを象徴するのは鮮やかなオレンジ。今宵、ご用意いたしましたのは『オランジェット』です。甘酸っぱさとともに、色合いのバランスで美を追求した見た目にも楽しい一品は、必ずやてんびん座さんにご満足いただけることでしょう。活動的になりすぎないよう、適度な休憩も取りながら、バランスを大切に深まる秋をお楽しみください。

てんびん座のバロメーター

積極性 ★★★★★
人と協力することに積極的

忍耐力 ★★☆☆☆
瞬時の対応に力を発揮するため、日和見的

社交性 ★★★★☆
エレガントな人付き合いを好む

優しさ ★★★☆☆
誰にでも平等に優しいが、
適度な距離感を保ちたい

てんびん座
Libra

品行方正で協調を重んじ、公平な判断をくだせる。趣味多き外交官。

社交的・バランス感覚に優れている・美的センスがある・洗練されている・優美。
それが、てんびん座さんの特徴です。
区分を見ていくと、2区分が【男性宮】、3区分が【活動宮】、4区分が【風】と、
すべてが外に向かって行動を促す、とても自由なエネルギーを持った星座です。
しかし、それは決して無鉄砲ではないのです。
【風】は知的さと人を繋ぐ性質があり、協力的な性質を持ちます。

2区分

3区分

4区分

支配星《ルーラー》　**金星**

COFFEE

マスターから一言

Message from master

本当に『銀河学園』があって、12星座の生徒がいたら、てんびん座さんは……といつものように役割をお伝えしたいのですが、すみません、てんびん座さんにはこれといった役が思いつきません。というのも、どんな役もこなせてしまうのがてんびん座さんだから。

喧嘩の仲裁時には双方の意見を聞いて冷静に判断したり、クラスのほとんどが誰かのことを悪く言っている時も噂だけで判断せず、ちゃんと自分の目で確かめたいと思ったりするタイプです。クラスに派閥がある時も、てんびん座さんはどのグループともバランス良く仲良くできるでしょう。

そんななんでもこなせそうなてんびん座さんですが、実は居心地の悪い空間がとても苦手。憂鬱になって、エネルギーが低下してしまいます。心の疲れを感じた時は、自分が思う『最高の場所』に身を置いて、リフレッシュしてくださいね。

太陽星座がてんびん座の人の特徴

Characteristics

- 平和で調和的な環境を求めるので、積極的な人が苦手
- 人との出会いで自分を知り、磨いていく
- ひとりでなにかをするより、誰かと協力したり、サポートをしたりする方が楽しい
- 人と程よい距離感を保ち、バランスの取れた付き合いがしたい
- 人間関係に悩みやすいため、本人的には『社交的』と言われると否定したくなる
- 瞬発力のある人付き合いができて社交的だが、長い付き合いの人は意外と少ない
- 年齢を重ねても自分磨きをするなど、若々しい人が多い
- 人をよく観察するところがある
- 物事を比較しながら正しいバランスを取ろうとする

てんびん座的ファッション

Fashion

美的センス抜群・最新のファッション・艶や透明感のある軽やかな素材・上品なアクセサリー・流行に乗りつつ人と差をつける・甘さ×クールさのミックスコーデ

月星座がてんびん座の人へのアドバイス

調和の取れた社交的な人

穏やかで平和を求める。人と話したり繋がったりすることで心が安定する

MANGETSU

さそり座のぶどうティラミス

10月24日〜11月22日生まれ

さそり座さんが管轄するのは、木枯らしの吹く晩秋。秋も深まり、夜が一層長く感じられる季節です。

孤独を感じる人もいるかもしれませんが、静けさの中、思索に耽るのがおすすめな時季です。

普段なかなか考えられない哲学的なことに思いを馳せるのも良いでしょう。

さそり座さんは、時にマニアックな一面を見せ、自分の趣味に没頭する、という特徴があります。

読書に勤しんだり、勉学に励んだり、とことんまで興味のあることを探求したり……

じっくり自分と対話していただきたいものです。

さそり座さんから浮かんでくるのは黒。果物にたとえるなら芳醇なぶどうです。

今宵は、夜のおやつに、『ぶどうティラミス』をご用意いたしました。

収穫したばかりの濃厚でジューシーなぶどうと、ティラミスのほろ苦さが
あなたの心に寄り添ってくれることでしょう。

さそり座のバロメーター

積極性 ★★★☆☆
疑り深いけれど、信じたらまっしぐら

忍耐力 ★★★★★
誰よりも粘り強く、我慢強い

社交性 ★★☆☆☆
神秘のベールに身を包み、人付き合いには慎重

優しさ ★★★★☆
信じた相手には情が深く優しいが、裏切り者は執念深く追い詰める

さそり座

Scorpio

鋭い観察眼と、独創的な感性を持つ。
純粋で情熱的な探究者。

粘り強い・心の繋がりを大事にする・情に厚い・共感力が高い・鋭い勘と洞察力を持つ・本物志向で神秘的。それが、さそり座さんの特徴です。

区分を見ていくと、2区分が【女性宮】、3区分が【固定宮】、4区分が【水】。

さそり座さんは、まるで平安時代の貴族のお姫様のよう。思慮深く、感受性が高く、奥深いところに留まっている。

深く思案し続け、強い信念を持つ姿から、みなに一目置かれる存在です。

✴ 2区分 ✴

✴ 3区分 ✴

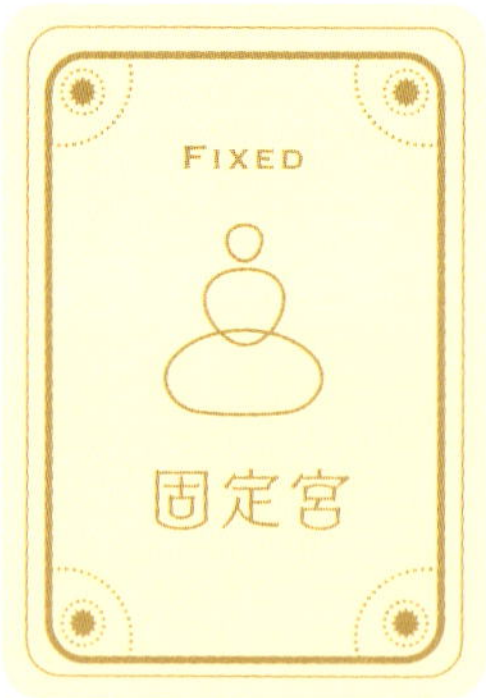

✴ 4区分 ✴

✴ 支配星《ルーラー》 ✴ 冥王星（副支配星・火星）

マスターから一言

Message from master

本当に『銀河学園』があって、12星座の生徒がいたら、さそり座さんは図書委員を務めていそうです。

ちなみに、学園にある本はすべて読破していそうだとクラスの仲間に思われていますが、実は自分が興味を持った本しか読んでいなかったりします。また、普段、神秘的で近寄りがたいと思われがちなさそり座さんですが、実は繊細で傷つきやすい顔を持っていたりもします。

そんなさそり座さんの強みは、クラスの誰にも負けない粘り強さと、たくましい生命力。どんなつらいことがあっても不死鳥のように蘇ることができるのです。

とはいえ、傷ついた時はしっかり心を癒すことが大切。ぜひ、あなたの『好きな物』に浸る時間を積極的に作って、ディープなひと時を過ごしてくださいね。

太陽星座が さそり座の人の特徴

Characteristics

- 信じるまでに時間が掛かり、疑り深い
- 一度信用するとすべてを共有したくなる
- 生命力の強さと目的達成への粘り強さは12星座の中でピカイチ
- 究極の場面ほど強く、底力を発揮する
- 他の人が諦めても、安易に諦めない
- 興味があることはとことん探求する一方、ないことには全く関わろうとしない
- 言葉数は少ないが、ずばっと核心をつく発言をする
- 表面的には落ち着いていて優しいが、内には熱い炎を燃やす情熱的な人
- 深層心理を暴きがち
- 世の中の裏側の話や都市伝説、オカルト話などに惹かれやすい
- 口が堅く、秘密は守る

さそり座的ファッション

Fashion

男女問わず程よく色気を感じさせる服・トラッド系かつ身体の線が出るような服・深みのある色合い・落ち着いたコーデ

月星座がさそり座の人へのアドバイス

本質を追求する人

一見クールだが深い愛情を持つ。豊かな感性と集中力が心を安定させる

いて座のマンゴープリン

11月23日～12月21日生まれ

いて座さんが管轄するのは、寒いけれど、
街中がクリスマスに向けて賑やかに活気づいていく時季。
街がきらびやかな雰囲気に変わっていくのに合わせ、
ご自身がドキドキわくわくする、
興味を惹かれることにどんどんチャレンジしてみてください。
いて座さんをひと言で表すなら挑戦者。
新しいことに臆せず立ち向かい、
猪突猛進する姿こそが、この星座の特徴です。
そんないて座さんから浮かんでくるのは、遠い場所、
エキゾチックというイメージ。
中でも、明るい場所を連想させるような異国情緒でしょうか。
そんないて座さんには南国の果実・マンゴーがピッタリです。
今宵のスイーツは、見ているだけでパワーを得られる
『マンゴープリン』です。
まるで鮮やかな黄金色に光り輝く天空の星のようなビジュアルは、
常に天上を目指すいて座さんの心をつかんでくれるでしょう。
食べれば濃厚さが口いっぱいに広がるこのプリンで
気力を充実させてくださいね。

いて座のバロメーター

積極性 ★★★★☆
気になることがあればどこへでも飛んでいく

忍耐力 ★★☆☆☆
他のことが気になる時、嘘がつけない

社交性 ★★★★☆
どんな環境でも、どんな人とでも、興味を持って楽しめる

優しさ ★★★☆☆
自由で束縛されなければ、明るくおおらかで親切

いて座

Sagittarius

社交的で楽観主義。
遠い世界を目指す冒険家。

好奇心旺盛・冒険心や探求心がある・ノリが良い・自由奔放・高い精神性を持つ・楽天的。

それが、いて座さんの特徴です。

区分を見ていくと、2区分が【男性宮】、3区分が【柔軟宮】、4区分が【火】。

まさに、おおいなる世界へ飛び出していく旅人というイメージです。

3区分が【柔軟宮】なので、文字どおり柔軟な発想ができ、
柔らかに物事を受け入れられる面も持っています。

2区分

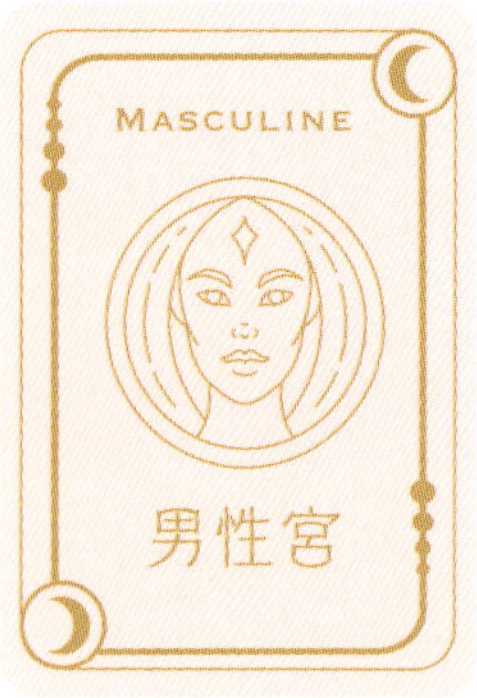

3区分

4区分

支配星《ルーラー》 **木星**

COFFEE

マスターから一言

Message from master

これまで、12星座を『銀河学園』の中の生徒にたとえてきましたが、いて座さんは学校や教室の枠には収まりません。

たとえるなら冒険小説の主人公。

海賊の物語なら破天荒なキャプテンであり、RPGの世界を描いた話ならば向こう見ずな勇者というイメージです。おおらかで心優しく、新たな目的を見つけては、目をキラキラさせながら突き進んでいく。

仲間は常に高みを目指すあなたに憧れたり、時に仰天したり。フットワークが他の人よりも軽い分、気がつくと周りの人を置いていってしまっていることもあるかもしれません。一方、計画性に欠ける飽きっぽい一面も。物事を一度つまらないと感じると、瞬時に興味が失せてしまうところがあります。時には歩みを止めて、ゆっくり休憩し、周りの景色を楽しむ時間も必要ですよ。

太陽星座がいて座の人の特徴

Characteristics

- 常に今ここにないなにかを求めて生きている
- 真実を求めて学んだり旅をしたり、探求心に溢れる
- 好奇心が全方向に向いているので、興味関心がコロコロ変わる
- 明るくおおらかでオープンマインドなムードが、周りをリラックスさせる
- 旅好き
- 計画的でなく、情熱や直感で行動する
- 手に入るまでが最高に楽しい
- 事実よりも可能性や理想に熱くなる
- 難しいことやわからないことほど楽しめたり、チャレンジしたくなったりする
- 細かいことは気にしないので、周りへの気配りや配慮は苦手
- ルーティンや決まり切ったことをこなさなければならない環境はストレス

いて座的ファッション

Fashion

アクティブな服装・エスニックアイテム・その日の気分で選んだ服や小物・異素材を組み合わせたコーデ・面白さ×可愛さのミックスコーデ

月星座がいて座の人へのアドバイス

自由を求める人

向上心を持ち、常に新たな刺激を受けていたい。好奇心こそが心を安定させる

MANGETSU

やぎ座の栗と抹茶のモンブラン

12月22日～1月19日生まれ

忙《せわ》しい年の瀬と、希望溢れる新年のはじまり——。
ある意味、短期間で対照的な時間を過ごすこの時季がやぎ座さんの管轄です。
年末は自分が1年間やってきたことを振り返るだけでなく、
自分を労《ねぎら》うことを意識してみましょう。そして十分に自分をいたわってから、
年始にこれからの1年の具体的なビジョンを思い描き、抱負を立てましょう。
やぎ座さんといえば、『三道』——茶道、華道、書道（香道）といった
伝統芸能が思い浮かびます。長く紡がれてきた誇りを重んじ、
凛とした姿勢で毅然とした意志を持っている一方で、やや頑固な一面も。
そこから浮かぶイメージは栗。硬い殻に包まれている栗は、
実は果樹として分類されており、イガは皮、その中にあるのが果肉と種です。
今宵は、心を込めて挽いた抹茶で『栗と抹茶のモンブラン』をご用意いたしました。
ほろ苦い抹茶と、甘い栗の絶妙なハーモニーが頑張りすぎてしまう
あなたの心を解きほぐしてくれるでしょう。

やぎ座のバロメーター

積極性 ★★★★☆
冷静に判断し、勝算ありと判断すれば
自ら行動

忍耐力 ★★★★★
目的達成のためなら努力は惜しまない

社交性 ★★☆☆☆
誰とでも気さくに……とはいかない
堅物タイプ

優しさ ★★★☆☆
厳しさの中に優しさがある

やぎ座

Capricorn

責任感が強く、頼りがいがあり、純粋無垢。
慕われる経営者《リーダー》。

責任感が強い・上昇志向がある・努力家・ルールや秩序を守る・
社会性が高い・根気強い。それが、やぎ座さんの特徴です。
区分を見ていくと、2区分が【女性宮】、3区分が【活動宮】、4区分が【地】。
2区分の【女性宮】が保守的な性質を象徴しつつも、活動的な一面があります。
なにをやるにもしっかり地盤を固めていくやぎ座さんは、
まさに理想的なリーダータイプといえるでしょう。

2区分

3区分

4区分

支配星《ルーラー》　土星

マスターから一言
Message from master

本当に『銀河学園』があって、12星座の生徒がいたら、やぎ座さんはズバリ、生徒会長です。学園の歴史と伝統を引き継ぎつつ、ルールや秩序を守り、生徒たちのために尽力する。厳しい面もあるけれど、優しさも併せ持つあなたに学園の生徒たちは一目置き、信頼を寄せています。

しかし意外にも、自身はちゃっかり、教師からの評価や内申点を上げたいという野心を持っているというのがやぎ座さんでもあります。

そんなあなたは理想が高く、常に目上の人への気遣いを忘れず、肩肘を張っていることも多いでしょう。

でも、その心の中にはちゃんと柔らかな部分も存在しています。

時に温泉などに浸かって、体を芯からゆるめることで、心を開放する時間を設けてくださいね。

太陽星座がやぎ座の人の特徴
Characteristics

- 甘え下手で、自分ひとりで頑張りすぎる
- 真面目で責任感が強いため、信用を得やすく社会でも認められる
- 本来は真面目で堅物だが、場の空気を良くするためなら、ひょうきんに振る舞う
- 自分の決めたルールに縛られすぎる
- ルールは守るが、効率的でないことには厳しく言いがち
- 物事を形にしたり、お金に変えたりする力を持つ
- 本物志向で、無駄遣いが苦手
- ハイスペックな人を好む
- 年上の人の扱いが上手で、気に入られやすい
- 古き良き物や歴史的背景の見える物が好き
- 感情よりも現実や秩序・能力を重んじるので、冷たく見られることがある

やぎ座的ファッション
Fashion

長く愛されているブランド・流行に左右されすぎない・スーツ・オフィスカジュアル・トラッド系・和服・年齢を問わず好感を持たれるコーデ

月星座がやぎ座の人へのアドバイス

責任感が強い人

誠実で責任感が強く、向上心がある。秩序を保つことで心が安定する

MANGETSU

みずがめ座の
ドラゴンフルーツスムージー

✴ 1月20日〜2月18日生まれ

みずがめ座さんが管轄するのは、『二十四節気』の最後をしめくくる、
暦の上では最も寒い『大寒』です。
この時季はつい寒さに負けてしまいがちですが、ぜひ創作活動にチャレンジしてみてください。
これまでにない斬新なアイデアが降ってきやすいタイミングです。
みずがめ座さんは、自由で広い視野を持ち、既成概念に囚われない星座です。合理的でありながら独自性を持ち、ユニークな物を好む傾向もあります。
そんなみずがめ座さんをフルーツにたとえるなら、一度見たら忘れられないインパクトを持つ
ドラゴンフルーツ。
今宵、ご用意いたしましたのは『ドラゴンフルーツスムージー』です。
他の果物にはない鮮やかなビタミンカラーで、アンチエイジングにも効くといわれる
ドラゴンフルーツの瑞々しい味わいを、目と舌で堪能してくださいね。

みずがめ座のバロメーター

積極性 ★★☆☆☆
よく考えて行動する慎重派

忍耐力 ★★★★★
正確な情報にたどり着くまでは粘る

社交性 ★★★★☆
生まれも肩書も気にせず、対等に友好的な関係を築く

優しさ ★★★☆☆
感情や周りに流されずクールな一方、博愛主義の心を持つ

みずがめ座
Aquarius

気ままでユニーク。孤独を好んだり、寂しくなったり。自由を求める吟遊詩人。

革新的・既存のルールに囚われない・自由な思考を持つ・合理的・個を重んじる・束縛を嫌う。それが、みずがめ座さんの特徴です。

区分を見ていくと、2区分が【男性宮】、3区分が【固定宮】、4区分が【風】。

ここで少し意外に感じるのが、既成概念に囚われず、自由を求めるタイプであるはずのみずがめ座さんの3区分が【固定宮】であるということ。

みずがめ座さんの発想や思考はどこまでも自由なのですが、実はとても慎重な星座なのです。

2区分

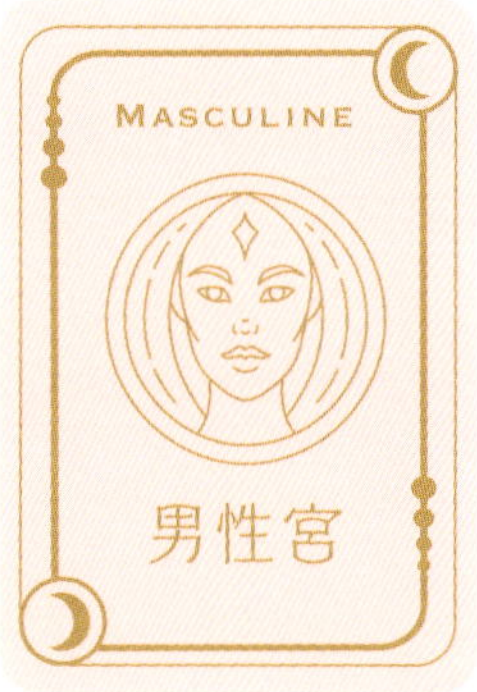

3区分

4区分

支配星《ルーラー》　**天王星**（副支配星・土星）

マスターから一言
Message from master

本当に『銀河学園』があって、12星座の生徒がいたら、みずがめ座さんは放送部に所属していそうです。流行りやみなが今なにを好んでいるかなどを調べて知っているのに、あえて個性的な音楽を流すタイプです。

そんなところが周りから、あれ？　第一印象と少し違うな、と思われる時もあるかもしれません。知的で周りに左右されないあなたは一見クールにも見えますが、人と円滑なコミュニケーションを図りたい欲求もちゃんと持っています。クラスで自然発生するグループや派閥が少し苦手なみずがめ座さん。ひとり時間を満喫するのも良いですが、仲間と楽しく語り合うということもあなたにとって良い充電になりますよ。自分が『行ける』と感じた時はグループに飛び込むも良し、イベント事に積極的に参加するも良し。ぜひ、風のように走り出してくださいね。

太陽星座がみずがめ座の人の特徴
Characteristics

- ✦ 常識に囚われない自由な考えと生き方を好む
- ✦ 現状に囚われず、人生の方向転換を自らの意思で冷静にできる人が多い
- ✦ お金や持ち物、地位には執着しない
- ✦ 固定された場所に縛られたくない。常に身軽でいたい
- ✦ 情報収集や発信が得意で、より正確な物を求め、精度を高めるために、AI などの最新技術を上手に使いこなす
- ✦ 学んだことをオリジナルな物に変えていける
- ✦ 人は人、自分は自分、と割り切れるため、周りに左右されない考え方ができる
- ✦ 個性を尊重し合える世界を作りたい
- ✦ 出身地、年齢、職業、ジェンダーなどの枠組みに囚われず、相手にフラットな付き合いを求める

みずがめ座的ファッション
Fashion

ファッション系サブスクの利用・マンネリ化しないファッション・古着・ミニマリストなコーデ・個性的・ジェンダーレスなコーデ

月星座がみずがめ座の人へのアドバイス

常識に囚われない人

個性的な考えの持ち主。自由と平等を愛し、自分らしくいることで心が安定する

うお座のレモンゼリー

2月19日～3月20日生まれ

うお座さんの管轄するこの時季は、占星術的にいうと年の瀬にあたります。

12星座のラストを飾る『うお座』で年が終わり、
次の『おひつじ座』から新たな年がはじまる、というわけです。

そのため、なにかを終わらせる区切りの時季でもあります。

これまで自分がしてきたことを一度振り返り、そのすべてを許すことを心掛けてみてください。

自分を許し、ありのままを受け入れると、やがて、未来に向かって
生き生きと羽ばたく自分の姿がイメージできるでしょう。

うお座さんといえば、慈悲深さと包容力を持つ、感性の高い星座でもあります。

うお座さんからイメージするのは、その香りからハッとするような鮮烈な印象を残すレモン。

今宵は、『レモンゼリー』をご用意いたしました。

美しいレモン色の海で泳ぐ2匹の魚が、
たちまちうお座さんを癒しの世界に誘《いざな》ってくれるでしょう。

うお座のバロメーター

積極性 ★★☆☆☆
迷いやすいので、相手や状況に
合わせて行動する

忍耐力 ★★★☆☆
自己犠牲モードに入ると、忍耐強い

社交性 ★★★★☆
無自覚なふわふわした雰囲気が
周りの人を惹きつける

優しさ ★★★★★
広い海のようにすべてを包み込む
優しさの持ち主

うお座

Pisces

想像《イマジネーション》を膨らませ、創造《クリエイト》する。
心優しくロマンチストな芸術家《アーティスト》。

インスピレーションに富む・芸術的センスがある・共感力が高い・慈悲深い・繊細。

それが、うお座さんの特徴です。

区分を見ていくと、2区分が【女性宮】、3区分が【柔軟宮】、4区分が【水】。

区分のすべてが優しく柔らかいうお座さんは、海のように広く深い愛情を持っています。

大切な人に尽くしすぎるきらいがあり、献身が過ぎて、自己犠牲にまで発展してしまうことも。

うお座さんは、まるで童話の人魚姫のような星座なのです。

2区分

3区分

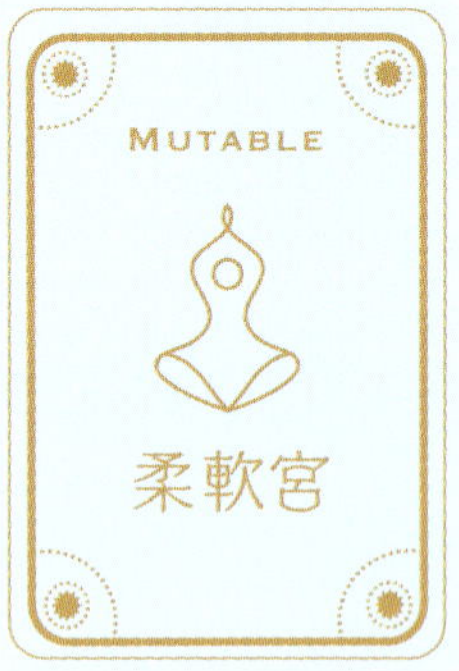

4区分

支配星《ルーラー》　**海王星**（副支配星・土星）

マスターから一言

Message from master

本当に『銀河学園』があって、12星座の生徒がいたら、うお座さんは、なにかの係を務めるというよりも、クラスメイトの誰に対しても愛を持って接し、みなの心を和ませる『癒しの存在』になるでしょう。そうですね、部活は美術部というイメージが浮かんできます。

とにかく平和主義で争い事を好まず、喧嘩を売られても微笑んで受け流します。

そんなあなたを仲間たちは『守ってあげたいタイプ』と思っているかもしれませんが、実は逆で、うお座さんこそがみなを大きく温かな心で見守っているのです。

なので、あなたはその場にいることで知らず知らずのうちに周りに影響を与えていて、いるだけでその集団の中で役割を果たしています。誰かが傷つかないように自分を犠牲にしてしまうようなところもあるうお座さんなので、ぜひ、意識的に、他者へ向ける無償の愛を自分にも向けてあげてくださいね。

太陽星座が うお座の人の特徴

Characteristics

- ✦ 愛ですべてを包み込み、癒す力を持つ
- ✦ 感性豊かでイメージがどんどん広がるタイプ
- ✦ 芸術的センスや美的センスのある人が多い
- ✦ 純粋で信じることや物に陶酔するパワーが強い
- ✦ ムードや押し、情に弱い
- ✦ 誰にでも優しいため、好意を持たない人に好かれたり依存されたりしやすい
- ✦ 非現実的なことやファンタジックな世界に浸るのが好き
- ✦ 自分の信じることを感情豊かに表現するので、人を惹きつけるカリスマ性がある
- ✦ 信じ込みすぎて盲目的になる危うさを持つ
- ✦ 目に見えない物、心理学やスピリチュアル、アロマが好き。お酒が好きな人も多い
- ✦ 空想したり、現実逃避したりする時間が必要

うお座的ファッション

Fashion

優しいカラー・透明感のある素材・柔らかい素材・レース・ワンピース・ファーの付いた小物・ラメの靴下・ふわふわヘア・個性的な帽子・個性的なコーデ

月星座がうお座の人へのアドバイス

共感力が高い人

穏やかで共感力が高く、同調しやすい。ひとりの時間をとることで心が安定する

小説

魔法のメニュー

Magic Menu

文　望月麻衣

——満月珈琲店は、決まった場所にはございません。

時に馴染みの商店街の中、駅の終着点、静かな河原と、場所を変えて、気まぐれに現れます。

そして、当店は、お客様にご注文をうかがうことはございません。

私どもが、あなた様のためにとっておきのスイーツやフード、ドリンクをご用意させていただきます。

目の前に現れた三毛猫は、そう言って、にこりと目を細めた。

——これは、自分を見失った私が、再び元の自分に戻ることができた、そのきっかけとなった不思議な夜の出来事だ。


「わあ、見て真帆《まほ》。この部屋から鴨川《かもがわ》が見える。桜の花が満開！」

母は京都市中京《ちゅうきょう》区のマンション最上階——と言っても三階だが——のバルコニーから鴨川を望み、明るい声を上げた。

うららかな春、私たち母娘《おやこ》は仙台からこの京都に引っ越してきた。

ここから望む鴨川は、カップルが等間隔に並ぶ——京都に観光に来ていた時に見かけた四条大橋《しじょうおおはし》から見えるような景色とは、雰囲気が違っている。

もっと素朴で、やや田舎の大きな川という印象だ。

犬を散歩させる人やランニングする人の姿がここからでも見える。

「今日から母娘二人の京都生活。なんだかウキウキしちゃうねぇ。今夜はやっぱり蕎麦《そば》かな？　引っ越し蕎麦、一緒に食べようね」

引っ越しは、『お任せパック』だ。引っ越し会社のスタッフたちが懸命に荷ほどきをしているなか、母はバルコニーの手すりに手をついた状態で、機嫌良さそうに振り返る。

母は、そういうサービスを申し込んだから、と懸命に働くスタッフたちの様子を気にも留めていないが、私はどうも落ち着かず、せっせと片付けを手伝っていた。

「……お母さんまで転勤希望出さなくても、私は下宿で良かったのに」

私はなんのために、仲の良い友達や、慣れ親しんだ土地に別れを告げて京都への進学を選んだというのか。

「ダメ元でこっちの病院に転勤させてほしいって頼み込んだら、丁度こっちも必要としていたみたいですんなりいったのよ。最低三年、真帆が高校生の間はここにいられるから本当に良かった」

母は振り返って、屈託のない笑みを見せる。

短めのボーイッシュな髪に、快活な笑顔。

母は宝塚の男役のような美しさを持つ、外科医だった。

「でもさ、お母さんは良かったの？　前の病院は働きやすかったんでしょう？　私は本当にひとり暮らしでも良かったんだよ？」

というか、私は本当はひとり暮らしがしたかったんだ。

目を合わせると本心を悟られそうで、顔を背けた状態で言うと、母は楽しげに笑って私の頭をクシャッと撫でた。

「医者の仕事なんてどこに行っても基本的にやることは一緒。働きやすいもなにもないの。それなら娘と一緒にいたいじゃない」

そう言ってくれるのは、正直嬉しい。

父は五年前に交通事故で他界し、今や私たちは母娘ふたりだけの家族だ。

父が亡くなった時、明るい母が別人のように落ち込んで、

『医者なのに、一番大事な人を助けられなかった』

と、嘆いていた姿が忘れられない。

それからさらに、母は医師として人を救おうとする気持ちが強くなったように思える。

そんな母は私の自慢でもある。

その時、母のスマホが振動し、「うわわ、来た来た」と母は慌てて手に取った。

「はい、渡瀬《わたせ》です」

少し大きめの声でハッキリとそう言う。

「ええ、大丈夫です。はい、今からですね」

と電話を切って、

「ごめん、真帆、ちょっと病院に行ってくるから。後で近くのコンビニで飲み物を買ってスタッフさんに渡してね。なるべく早く帰るから」

母は私にお金を渡した後、バッグを肩に掛けて、段ボールで溢れ返った部屋を跳ねるようにして玄関へと移動していく。

「すみません、それではよろしくお願いします。娘がおりますので」

と、引っ越しスタッフにペコペコと頭を下げながら家を出て行った。

「はい、いってらっしゃいませー」

と、スタッフはにこやかに返す。

『おきばりやすー』とは言わないんだなぁ、なんて私はぼんやり思っていた。

「早く帰って来るって言いつつ、きっと遅くなるんだろうな」

そう思いながら、受け取ったお金を自分の財布に入れた。

それじゃあ、コンビニへ飲み物を買いにいこうか。


京都には、音楽科単独として日本に唯一の公立高等学校がある。

その学校を第一志望に決め、『中学から始めたフルートに魅せられて音楽に目覚めた』と母に伝えた。

でも、それは表向きの理由。

本当の理由は母から離れたかったからだ。

仙台に住んでいる私がどうにかして高校から家を出たい。

そう考えた時に、遠くの高校に進学を決めるというのが一番自然だと思った。

しかし地方の高校に進学するとなれば、それなりの動機が必要となる。

たとえば、私のクラスメートは京都に憧れて、私立京南《きょうなん》高校にどうしても行きたいと寮に入ることにしたらしい。

私もそうしようかと思ったけれど、寮は男性のみという残念な現実の前に、京南高校は京都で一、二を争う進学校。

偏差値の問題でも私には到底無理であり、そこで目を付けたのが『京都堀井《ほりい》音楽高等学校』だったというわけだ。

音楽に特化した個性のある市立の高等学校として有名な学校である。

寮はないけれど学校指定の下宿もあるようだし、私がフルートに夢中になっていることも母は知っている。

そんな私が音楽の道を志すために京都の高校に行きたいと言ったなら、母は反対しないだろう。

そうして私は家を出ることができる。

そう、思っていたのに……。

ぼんやり考えていると、コンビニに着いた。仙台では鮮やかな色をしていたコンビニの看板も、京都ではブラウンになっている。

「ってか、シックでこっちの方がいいんじゃない？」

なんて洩らしながら、私はコンビニに入り、お茶やスポーツドリンクを購入した。

『お任せパック』のスタッフは優秀で、夕方になる頃には山のような段ボールは見事になくなり、部屋は綺麗に片付いていた。

「ありがとうございました。これで作業は終了です。こちらにサインをお願いいたします」

スタッフが私の前にタブレットを差し出す。

「あの、私の名前で良いんでしょうか？」

「ええ、大丈夫ですよ」

私は画面に、渡瀬真帆、とサインをして、タブレットを返した。

太陽はすっかり西に傾いているが、母はやはりまだ帰ってきていない。

「お腹すいたな……」

ぽつりと零したその時、

『ごめんね。もう少し掛かりそう。先にご飯食べてて』

母からメッセージが入った。平謝りのスタンプもついている。

一緒に引っ越し蕎麦を食べようと言っていたのに……。

しかし、こんなのは日常茶飯事、今さらの話だ。

『了解です』というスタンプを返して、私はトートバッグを手にし、再び先ほどのコンビニへ向かう。

おにぎりをふたつと、明日の朝食べる用のパン、そしてお茶を買って、トートバッグに入れた。

その大きなトートバッグの中には、フルートのケースが斜めになって入っている。

こればかりは引っ越し業者に預ける気にならず、自分で持ってきた。

「練習しなきゃ」

コンビニからの帰路、鴨川へと続く道が目に入り、私はなにかに誘われるように河原へと向かった。


鴨川の河川敷は広く、花壇やベンチなども設置されている。

「まずは、腹ごしらえだ」

私はベンチに腰を下ろして、手をおしぼりで拭いてからおにぎりを食べる。

ふたつ買ってきたのだけど、ひとつ食べただけで食欲がなくなってしまった。

お茶が入ったペットボトルを口に運んで、ごくごくと飲んだ後、大きく息を吐き出した。

さて、と私はバッグの中からフルートを出して、立ち上がる。

フルートを吹くときは、起立する。もちろん、座って吹くこともあるが、基本の姿勢は、立った状態だ。

仁王立ちして、首を傾けて、フルートを口に持っていく。

自分が前のめりになってフルートに近づくのではなく、フルートの方を自分に近づけるのだ、と先生に教わった。

フルートは他の木管楽器と違ってリードがない。息で空気を震わせて、音を発生させる。

リッププレートに下唇を当てて、蠟燭《ろうそく》の火を消すイメージで息を吹く。

優しく美しく繊細な音が、鴨川に響いた。

フルートを吹きながら、やっぱり好きだ、と心から思う。

幼い頃は、ピアノを習っていた。

当時、近所のどの子もみんな通っていたピアノ教室。私はその中でも全国に名を馳《は》せた教室に幼い頃から通っていたけれど、小学校五年生の頃にピアノへの気持ちがなくなってしまった。それでも音楽は好きだったため、中学生になって吹奏楽部に入部し、フルートの担当になった。

なぜ、フルートになったのかというと、なんのことはない、くじ引きで決まった。

希望を聞くとどうしても人気の楽器に殺到してしまうから、という理由だ。

生徒たちは、くじで決めるなんて、とぶーぶー文句を言っていたけれど、

『僕はそうは思わないな。くじで決まるなんて、運命的だと思わないか？　君たちは今から、自らの手で運命のパートナーを引き当てるんだ』

そう言った顧問の強い言葉に、皆すっかりその気になった。

それは、私もだ。

そして私は本当に、運命のパートナーを引き当てた。

それまで習っていたピアノから、フルート奏者に転身した。

フルートの良いところは、こうやって楽器を手軽に持ち出せることだ。

家でひとりきりでピアノを弾いていると、苦しくて、孤独で、やりきれなくなる。

フルートならば、こうして河原で吹くこともできる。

それにしても、と私は眉間に皺《しわ》を寄せた。

受験に向けて一生懸命だった時は、もっと良い音を出すことができた。

合格して気が抜けたのだろうか、どうにも鈍い音しか出せていない感じがする。

強く目を瞑ってフルートを奏でていると、誰かが目の前にやってきたのが分かった。

きっと、お年寄りだろう。

仙台にいた時も、私が公園で練習をしていると、おじいさんやおばあさんがやってきて、『綺麗な音ねぇ』と褒めてくれることが時々あった。

その時のことを思い出しながら、演奏を終えて、瞼《まぶた》を開ける。

と、目の前にいたのは、猫の着ぐるみ。

私はぎょっとしてのけ反った。

身長は、二メートルはあるだろうか。濃紺のエプロンに、ネクタイをつけている。

三毛猫で、顔はまんまる。目は三日月のように微笑んでいた。

私がなにも言えずにいると、巨大な猫の着ぐるみが拍手をした。

「素敵な演奏でした」

どうも、と私はぎこちなく会釈をする。

私が警戒しているのを感じたようで、

「突然話し掛けたりして、すみません。素敵な音色に誘われてしまいました。私は『満月珈琲店』のマスターです。よろしくお願いいたします」

三毛猫の着ぐるみを着た人――マスターは、ぺこりと頭を下げる。

「あっ、真帆です」

私も自己紹介をすると、マスターは愉しげに笑って、川下を振り返る。

マスターの視線の先にトレーラーカフェが停まっていた。

車のサイドに満月を模ったライトが飾ってあり、前に【満月珈琲店】と書かれた看板が置いてある。車の前にはテーブルとさらにメニューを書いた黒板も目に入った。

「あ、移動カフェなんですね」

人目を引くために、猫の着ぐるみを着ているのだろう。

それにしても、今の着ぐるみは本当にクオリティが高い。まるで、本物のようだ。

「はい。『満月珈琲店』は、決まった場所にはございません。主に満月の夜、時に馴染みの商店街の中、駅の終着点、静かな河原と、場所を変えて、気まぐれに現れます」

マスターは胸に手を当てて言う。

でも、と私は空を見上げる。

橙色の夕焼け空に、丸みを帯びているが、まんまるではない月が浮かんでいた。

「でも、満月じゃないですよ？」

「今宵は特別なんですよ」

「特別って？」

「明日は春分の日。『おひつじ座』月間となります。『おひつじ座』は十二星座のスタートです」

そうですね、と私はうなずく。

「おや、ご存じでしたか？」

「おひつじ座なので……」

私は、四月生まれのおひつじ座で、あと半月で誕生日を迎える。

「宇宙的には、春分の日が新しい年のはじまりなんです。我々にとって今日は大晦日のようなもの。とてもおめでたい特別な日なんです」

私は、はぁ、と相槌をうつ。

「そんな日に素敵な演奏を聴けて、感激でした」

その言葉は嬉しかったが、同時にバツの悪さも感じた。

先ほどの演奏は、自分の中では良いものとはいえない。

なにも言えずにいると、マスターが問い掛ける。

「なんていう曲だったのでしょうか？」

「あ、ええと、『精霊の踊り』という曲です」

作曲は、１７１４年生まれの古典派オペラ作曲家、グルック。

高校入試の実技試験で吹いたものだ。

「この曲はオペラ……物語の一部で、外国の神話が基になっているんです」

そう言って、私は『精霊の踊り』に纏《まつ》わるエピソードをマスターに話して伝えた。

『精霊の踊り』の題材は、ギリシャ神話だ。

――吟遊詩人オルフェオには、エウリディーチェというとても美しい妻がいた。

しかし、新婚早々、妻は毒蛇に足を噛まれて、死んでしまう。

妻を諦められないオルフェオは、妻を取り戻そうと黄泉の国へ迎えに行く。

その際、全能の神ゼウスに『黄泉の国から抜け出すまでの間、決して振り返ってはいけない』と、そしてオペラでは、『音楽で地獄の番人を慰めること』という条件をつけられるという物語だ。

オルフェオが黄泉の国へ行った時、精霊たちが踊っているシーンの音楽が『精霊の踊り』である。

そこまで話すとマスターは、ほぉ、と興味深そうに相槌をうつ。

「まるで、イザナギとイザナミのお話のようですね」

そう、この神話は、日本神話と類似している。

オルフェオは、妻の手を取って黄泉の世界から出ようと懸命に走る。

もうすぐ地上に辿り着く、という時に、オルフェオはつい不安に駆られて、振り返って妻の姿を見てしまう。

それはゼウスの『決して振り返ってはいけない』という決まりを破る行為であり、ふたりは引き裂かれてしまうのだ。

「日本神話と外国の神話がここまで似ているなんて、不思議ですよね」

私がぽつりとそう言うと、そうですね、とマスターは同意した。

「結局、この世はひとつであり、つながっているということでしょう」

まるで老練な翁《おきな》のように、マスターはしみじみと話す。

猫の姿とその口調のミスマッチが少し可笑《おか》しい。

マスターは、では、と再び胸に手を当てる。

「素敵な演奏を聴かせてくださったお礼に、当店自慢のメニューはいかがですか？ぜひ、ご馳走させてください」

「えっ、いいんですか？」

実はトレーラーカフェが気になっていた私は、嬉しさから前のめりになる。

「はい、ぜひ。どうぞ、こちらのテーブルへ」

マスターに案内されて、私はトレーラーカフェの前に置いてあるテーブルに移動した。

なににしようかな、とメニューが書かれている黒板に視線を移すと、そうそう、とマスターが短い指を立てる。

「ひとつだけ。当店はお客様にご注文をうかがうことはございません。私どもが、あなた様の状況に合わせて、とっておきのスイーツをご用意させていただきます」

「それは、つまり、なにが出てくるか分からないんですね？」

とはいえ、メニューが記された黒板があるため、そのうちのどれかなのだろう。

私は今一度、黒板に視線を移す。

Menu
✷おひつじ座のいちごフレンチトースト
✷おうし座のラ・フランスタルト
✷ふたご座のさくらんぼパフェ
✷かに座のバナナホットケーキ
✷しし座のメロンボウル
✷おとめ座のりんごレアチーズケーキ
✷てんびん座のオランジェット
✷さそり座のぶどうティラミス
✷いて座のマンゴープリン
✷やぎ座の栗と抹茶のモンブラン

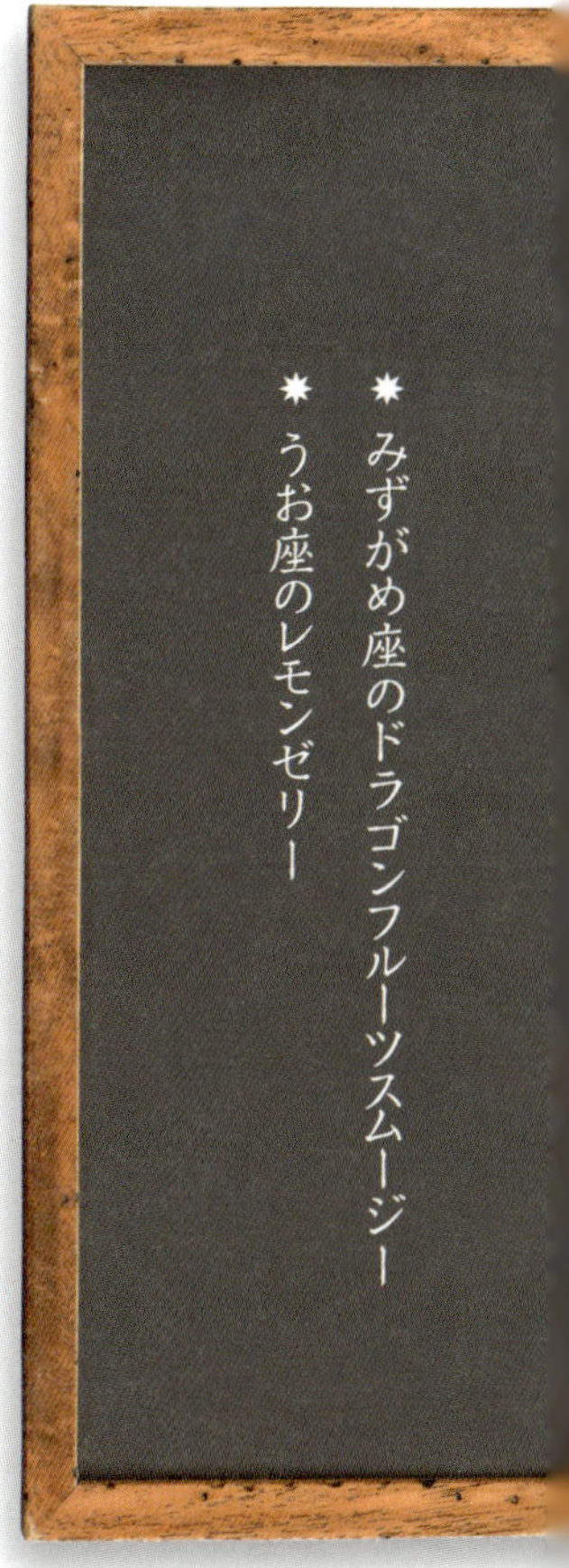
✸みずがめ座のドラゴンフルーツスムージー
✸うお座のレモンゼリー

メニューは十二星座にちなんだものだ。

私はさっき、自分がおひつじ座だとマスターに伝えているため、きっと『おひつじ座のいちごフレンチトースト』が届くだろう。

楽しみにしていると、ややあってトレーラーカフェから黒猫がやってきた。

普通の大きさの猫で、器用にトレイを持って二足歩行している。

「お待たせしました。『かに座のバナナホットケーキ』です」

と、マスターは黒猫からトレイを受け取り、私の方を向く。

大きな皿には、ホットケーキが載っている。バナナにチョコレートソースがたっぷり掛かっていた。

よだれが出そうなほど美味しそうだけど、不思議にも思った。

「どうして『かに座』なんですか？」

私がかに座ではないのは、マスターも知っている。さらに言うと、今がかに座の時季というわけではない。明日からおひつじ座だが、今はまだ、うお座期間だ。かに座はたしか、六月下旬から七月下旬だったはず。

亡くなった父がかに座だったから、覚えている。

父は翻訳家で、家で仕事をしていた人だった。

私や病院で働く母のために、夕方になるとキッチンに立って美味しい料理を作ってくれた、そんな父だった。

「かに座は月のホームグラウンドであり、なによりあなたの月がかに座だからです」

私の月がかに座って、どういうことなのだろう？

疑問に思ったけれど、ホットケーキを前にしてお腹がすいてきたので、

「いただきます」

と、私はナイフとフォークを使って、ホットケーキを食べる。

優しい甘さが、口の中一杯に広がっていく。

「わぁ、美味しい……」

「それは良かった。バナナホットケーキはまさに、かに座らしいメニューですよね」

「……どうして、かに座らしいのでしょうか？」

「このメニューは、家でも割と簡単に再現できるものなんです。バナナもホットケーキも、とても家庭的なもの。もし、ご自宅で作ったら、ちょっと豪華で、ホッとすることもできる。それがとてもかに座的だと思うのです」

「かに座は家庭的……ということでしょうか？」

「そういう一面もあるかもしれませんが、わたしの中では少し違っておりまして、かに座は『家庭的』というよりも、『おうちが大好き』。そして、ホッとできることで、頑張れるし、興味を持ったらアクティブに行動する。もし、かに座が料理好きならば、それは家庭的だからではなく、自分の心を満たしたいから。そういう印象を持っています」

ふと、亡くなった父を思い出した。

いつも、にこにこ笑っていた父。家が好きだから、在宅でできる仕事を選んだと言っていた。料理も愉しそうに作っていた。とにかく『おうちが大好き』な人だった。

だから、インドア派なのかと思えば、好きな楽団のコンサートがあると知れば、どこにでも遠征に行っていたのだ。

明るくて快活な母と、優しく穏やかな父。

まるで、太陽と月のようだった。

私の月というのは、父のことを言っているのだろうか？

食べ終わった頃、私のスマホにメッセージが入った。

『ごめんね。今から帰るから。なにか買って帰るけど、もう食べちゃったよね？』

私は、もうお腹いっぱいだ。

いつもならば、それでも『まだ、食べてなかったよ』と返してしまうのだが、

『私はもうお腹一杯食べちゃった。アイス買ってきてくれたら嬉しいな』

と、自分でも驚くほど、素直で正直な言葉を送った。

私は席を立ちそっとマスターに向かって頭を下げた。

「あの、ありがとうございます。では、私はこれで……」

そう言って背を向けて歩き出すと、

「真帆さん」

話し掛けられて、私は足を止めて振り返った。

「今宵のメニューには、魔法が入っています。もし、その魔法の効果を感じたら、明日の夜もここに来てください」

私は、はぁ、と洩らして、今一度会釈をすると、そのまま家に戻った。


自分の異変をしっかり自覚したのは、翌朝からだ。

「真帆、おはよう。今日は私も休みだし、一緒に京都観光に行こうか」

母は眠そうに目を擦りながら言う。

私がまだ入学式前の春休み期間中ということで、母も気を遣っているのだろう。

引っ越し前もギリギリまで仕事をしていて、引っ越し当日からあの調子だ。

京都観光なんて、無理しているに決まっている。

『いいよ、無理しないで。私も色々やることあるし、ゆっくり寝てなよ』

そう言おうと口を開いたのに、

「えっ、ほんとに？　桜の時季だからいろんなところに行ってみたいと思ってたの。嬉しい」

思ってもいない言葉が出てきた。

険しい表情のまま私がそんなことを言ったので、母は驚いたようにぱちりと目を見開く。

おそらく、『無理しないで』と言われると思っていたのだろう。

母親として仕方なく言ったことだったのに、娘に前のめりになられて困っているのかもしれない。

『あっ、やっぱり疲れてるよね。大丈夫だよ』

すぐに訂正しようと口を開こうとするも、母はパッと顔を明るくさせ、

「それじゃあ、早めに準備しちゃおうか。京都をまわるなら自転車がベストなんだって。仙台から自転車運んでもらって良かったね。ガイドブックもほら、昨日売店で買ったの」

と、張り切った様子で、ガイドブックを出す。

どうやら、母が私を誘ったのは、ただのポーズではなかったようだ。

私は呆然としながらぎこちなくうなずいた。


そうして私と母は、自転車に乗って京都観光をすることになった。

私の自転車はペパーミントグリーンのシティサイクルで、母の自転車は私が小さな頃から使っているママチャリだ。

なんと小さな子どもを乗せる椅子が今も着いたままである。

もうそれ取ったら？　と何度か言ったことがあるが、

『ここに荷物を載せるたびに、真帆が小さかった頃を思い出してしみじみできるのよ』

などと母は言うのだ。

まず、『哲学の道』に行こうという話になった。ちょうど桜が見ごろを迎えているという。

今出川通《いまでがわどおり》という東西の道を、東へと向かって走る。

一見、緩やかな、だけど実際はなかなかハードな傾斜であり、母とふたりで、ひいひい言いながら昇り詰めた先に、『哲学の道』という看板が目に入った。

そこまで来て、私たちは自転車を降りて、押しながら歩く。

『哲学の道』は、道に沿って小川——琵琶《びわ》湖疏水が流れていて、疏水を挟むように桜の木々が並んでいる。花は満開で疏水は桜色の絨毯《じゅうたん》になっている。

道沿いにお洒落なカフェや雑貨店が見えた。

「素敵ねぇ。『哲学』なんて小難しいことを考えるのがもったいないくらい」

母は自転車を押して歩きながら、嬉しそうに言う。

『哲学の道』を奥へと進んで左へ曲がると、東側に銀閣寺《ぎんかくじ》がある。

銀閣寺は、足利義満《あしかがよしみつ》が建てた金閣寺《きんかくじ》を参考に建造した山荘ということで、とても落ち着いた雰囲気だ。境内から望む京都の景色もまた、魅力だという。

私たちは、銀閣寺に参拝して東山からの京都の景色を堪能した後、ちょうどお昼ということで、『哲学の道』沿いにあるカフェでランチを摂った。

「ちょっと自転車で走ったくらいで、こんな名所に来ちゃうんだから、京都は本当にすごいわぁ」

パスタを食べながら感動したように言う母を見て、私は、そうだね、とうなずいて店内を見回した。

「こんなに混んでるのに、すんなり店に入れたのって、奇跡的だよね」

私たちが店に入った時、たまたまテラス席に空きが出て、すぐに座ることができた。それが店内でもっとも桜を間近に眺められる、良い席だったのだ。

「本当ねぇ、日頃の行いがいいから」

いたずらっぽく笑う母に、『そうだね、お母さん、いつもたくさんの人を救っているし』と言おうとしたのに、

「娘のことはほったらかしだけどねぇ」

なんて言葉が口をついて出た。

しまった、と私は冷や汗が出そうな心持ちになり、誤魔化すように水を飲む。

今日はやっぱり、なんだかおかしい。

すると母は、そっと手を伸ばして、私の手の甲に重ねた。

「そうだね、本当に」

「あっ、でも、謝ったりしないでね」

この言葉は、すんなり出た。

「うん、謝ったりはしないよ。お母さんの仕事だし」

そう言うも母は、申し訳なさそうに目を伏せる。

「この後、どこに行くの？」

と、私は話題を変えた。

母は気を取り直したように笑みを浮かべて、ガイドブックを開いて見せる。

「次はここ」


母が、ここ、と言ったのは、『下鴨《しもがも》神社』だった。

白川通《しらかわどおり》を北へと向かって走り、御蔭通《みかげどおり》まできたところで西へと曲がる。ちょうど表参道と御蔭通の交差点付近に駐輪場があり、そこに自転車を停めた。

「京都をまわるなら自転車って言うけど、結構な運動量だね」

私は水分補給をしながら、苦笑する。

「良い運動でしょう？」

そんな話をしながら参道に入ると、左右に森が広がっていた。

ここは『糺《ただす》の森』といわれているらしい。

たくさんの参拝客たちに交ざって、人ならざるモノもいそうなものだが、今日に限って姿は見えない。

「ええと、ここの正式名称は『賀茂御祖《かもみおや》神社』といって、北区にある賀茂別雷《かもべつらい》神社――通称、上賀茂《かみがも》神社とともに賀茂《かも》氏の氏神を祀《まつ》る神社なんだって」

歴史はとても古く、創建は定かではなく、紀元前九〇年に神社の修造が行われた記録が残っているので、その前からあるようだ、と糺の森を歩きながら、母はガイドブックに書いてあったことを私に伝える。

「大昔から崇敬を受けてきた神社で、京都の中でも強いパワースポットとして人気が高いんだって」

へぇ、と私は相槌をうつ。

京都といえば清水《きよみず》寺と金閣寺、あとは朱色の鳥居が立ち並んでいる伏見稲荷大社《ふしみいなりたいしゃ》くらいしか知らなかった。

こうして、これからも一緒に色々なところに行けたら……そんな考えが頭を掠めるも、いやいや、母は忙しいんだからと首を横に振る。

やがて朱色の楼門が見えてきた。楼門を仰ぎながら、わあ、と私たちは洩らす。

「素敵ねぇ」

「……うん」

楼門をくぐると舞殿があり、さらに本殿がある。今年の干支を中心とし、他の十二支を祀った社が取り囲んでいた。

私たちは本殿に参拝し、次に自分の干支の社の前に詣でる。

本殿の門を出ると、東側に小川と『御手洗社《みたらししゃ》』という小さな社があった。

ここは、瀬織津姫《せおりつひめ》という水の女神の社で、罪や穢《けが》れを流してくれるそうだ。

そこにも参拝した後、川の畔にある階段で休憩しようということになった。

そよそよと新緑の薫りを含んだ春風が流れていく。

「いい気持ちだねぇ」

と、母は心地良さそうに目を瞑った。

うん、と私はうなずいて、空を眺める。

「もうすぐ、お父さんの命日だね」

そうだねぇ、と母は頬杖をついた。

私のピアノの発表会の日に父は交通事故に遭った。居眠り運転をしていた対向車との衝突事故だった。

朝一番にどうしても片付けなければいけない仕事があり、それを大至急終わらせてから、会場に向かうから、と父は一生懸命に言っていた。

私は、『うん、絶対来てね』と答えた。

どうして、あんなふうに言ったのだろう。

ただのピアノの発表会だ。

わざわざ父親に聴きに来てもらわなくたって、大丈夫だったのに。

自分があの時、『別にいいよ。終わってからお祝いしてくれれば』と言っていれば、父もあの時、車に乗っていなかったのだ。

父が亡くなった時、母は『私も一緒に逝く』と泣いていた。愛する人の死を諦められず、黄泉の国へ迎えに行ったオルフェオのように――。

「ごめんなさい」

ずっと言いたくて言えなかった言葉が、口をついて出た。

うん？　と母が不思議そうに私を見る。

「お父さんが死んだのは、私のせいだよね。私が絶対来てねなんて言ったから……」

喉の奥が苦しい。

「お母さんは、あの時、お父さんと一緒に死にたいって言ったのに、お祖母ちゃんに『あんたには真帆がいるじゃないの』って叱られて……それからお母さんは私を育てるために、もっと忙しく働くようになって……」

話しながら、目頭が熱くなってくる。

「でもやっとお父さんの死から立ち直って恋人もできたのに……」

母が、子どもが大学卒業するまで再婚する気なんてない、と以前友人に話しているのを聞いたことがあった。

もし、誰かと交際をしても、今は結婚はする気がないと。

そんな母には、恋人がいた。職場の同僚と恋仲になっていたのだ。

私には隠していたけれど、気づいていた。

私が中学を卒業したら、大っぴらに会えると思っていたはずだ。

私はこれ以上、母の邪魔者にはなりたくなかった。

だから、遠くの高校に進学しようと心に決めた。

『お母さんのために！』と、ただ一生懸命にフルートの練習をした。

これで、罪を償えると思ったのだ。

「お母さんをもう自由にしてあげたいと思って、私を気にせず再婚したらいいなって、京都に進学を決めたのに、わざわざ転勤させてしまって……」

涙が流れそうになって、それをこらえて私はグッとうつむく。

母は、そっと私の顔を両手で包んで、目を合わせた。

「ばか」

と、くぐもった声で言ったその目が、涙で潤んでいた。

「お父さんが亡くなったのは事故が原因。真帆のせいなんかじゃない。大体、真帆にピアノを習わせたいって言ったのは、お父さんなんだよ。娘がピアノを弾く姿を見るのに憧れてたって」

父が音楽を愛していたのは知っていた。けれど、まさか私が物心ついた時からピアノ教室に通っていたのが、父の希望だったなんて……。

「私が仕事をがんばるようになったのは、現実逃避だったの。お父さんの死が私にはつらすぎて、忙しく働いていると忘れられる気がしていた」

そしてね、と続ける。

「やっぱり、時は薬とはよく言ったものでね、二年も経つ頃にはつらい気持ちが落ち着いていたんだ。時間が経つと、周囲から再婚したらどうだって再三言われたけど、私は真帆が大人になるまで再婚する気はないの。それは、真帆のためとかじゃなくて、私の心の問題。けど、真帆が言った通り、お付き合いしている人がいる。だけど転勤が別れだとは思ってないし、もし離れて駄目になるならその程度だと思ってる。仕事に忙しい大人の男女なんて、離れてるくらいがちょうどいい。だけど、子どもはそうじゃない。一緒にいられる時間は、人生のうちで限られてると思うから……」

母ははにかんで、私の髪を梳いた。

「真帆が京都の高校に進学したいって言った時、離れるかもって思ったらこれまで真帆との時間をちゃんと取れなかったのをすごく後悔したんだ。二度と取り戻せない大切な宝を失ってきたんだって気づくことができた。転勤はお母さんのわがまま。初日はバタバタしちゃったけど、今度の職場では前ほど忙しく働かないつもりでいるし、真帆との時間をいっぱい取りたいと思ってる」

私はなにも言えずに、母を見つめ返す。

「私はね、真帆のおかげで生きていられるんだよ。あなたがいてくれたから、お父さんの後を追わずに済んだ。こうして、素敵な時間を過ごせているのも、全部真帆のおかげ。だから謝られると困る。私は真帆に、『ありがとう』って、ずっと思ってきたんだから……」

「お母さん……」

その言葉を聞いた時、これまで押し込めてきたものが堰《せき》を切ったように、とめどなく涙が流れた。

帰宅し、今夜こそ蕎麦を食べようか、と言う母に、私は首を横に振った。

「蕎麦よりも、お母さんのカレーが食べたい」

こんなに素直な言葉がするりと出たのが、自分でも意外だった。

昨日までの自分だったら、カレーの方がいいなと思いつつ、『そうだね』とうなずいていただろう。

「いいね、私もカレーの方が食べたい」

と、母は嬉しそうにカレーの支度をはじめ、私はフルートを手に玄関へ向かった。

「河原で練習してくる」

はーい、という母の声を背中に聞きながら、外に出る。

マスターはいるだろうか？

逸る気持ちで河川敷へ向かうも、姿は見えない。

そうなると、途端に不安になる。昨日、ここで出会ったトレーラーカフェと猫のマスターは、もしかしたら、全部夢だったのではないかと……。

しばし河原を見回し、私はそっと肩をすくめた。

「まっ、いいか。練習しよう」

私はフルートを出し、深呼吸をしてからあの時のように『精霊の踊り』を吹き始めた。

演奏をしていると、やがて目の端にぼんやりとした光が見えてくる。

光の方向にはトレーラーカフェがあり、三毛猫のマスターが微笑んでこちらを見ていた。

私は駆け足で、マスターの許に向かう。

「あの、あなたの仕業ですよね……」

うん？　と彼は小首を傾げる。

「仕業とは？」

「仕業というと言い方あれですけど、『かに座のバナナホットケーキ』です」

「魔法の効果を感じましたか？」

はい、と私はうなずいて、マスターを見上げる。

「あれは、どういう魔法だったのでしょう？　父がかに座だから、かに座のメニューが役に立ったのでしょうか？」

いえいえ、とマスターは首を横に振った。

「あの時お伝えしたように、あなたの月が、かに座だからです」

「月がかに座……？」

私が訝《いぶか》っていると、黒猫がひょっこり顔を出して口を開いた。

「月の星座のことですよ」

いつもの私ならば、黒猫が喋ったことに驚いただろう。

だけどこの時は不思議と、すんなり受け止められていた。

「月の星座って？」

「星座は、太陽だけではないんです。太陽の星座はあなたの表に見せる顔。あなたはおひつじ座ですね？」

はい、と私は首を縦に振る。

「星座のトップバッターであるおひつじ座は、開拓者です。あなたはおそらく、先を走る人。果敢にチャレンジができて、リーダーシップも取れる、しっかり者と周囲の人には思われているのではないでしょうか」

ごくりと、私の喉が鳴った。

そう、私は中学時代、吹奏楽部で部長を務めている。

先生や部員の信望も厚く、常にしっかり者だと言われてきた。

「月の星座は、あなたの内側。心を示します。かに座は共感力が高く、仲間や家族をとても大切に思っている愛情深い人です。愛する人を護《まも》るために、力を出せる。あなたはお母さんの力になりたいと頑張ってきたのでしょう」

その一方で、とマスターは続けた。

「あなたは、自分の心を偽り続けた」

私はなにも言えずに、目を伏せた。

心当たりがあるからだ。

「本当はお母さんと一緒にいたいのに、その心に蓋《ふた》をした。それはお母さんのためでした。堅い甲羅の中に自分の心を押し込んで、誤魔化し続けた」

真帆さん、とマスターは優しい口調で続ける。

「起こる出来事はすべて、心が先なんです。川を見てください」

私はなにも言わずに顔を上げて、川に目を向ける。

川上から川下に向かって鴨川は滔々《とうとう》と流れていく。

「いくつも橋が架けられていますね。『ここに橋がほしい』という思いが先にあったから、橋が架けられました。まず、心を大切にしなければ、なにもかもうまくはいきません」

「……心を大切にって、どうやるんですか？」

簡単なことですよ、とマスターは微笑む。

「自分の心を偽らないことです」

その言葉に、どきんと心臓が強く音を立てた。

「あなたの月のメニュー、『かに座のバナナホットケーキ』は、あなたの心が素直になるお手伝いをしたまでです」

今日一日、思ってもいないことが口から出ると戸惑っていた。

だが、違ったのだ。

口から出たことが本心だったのだ。

これまでずっと、思ってもいないことばかり口に出し続けていた。

気づいた瞬間、涙が溢れ出る。

「あの……ありがとうございました」

私は、マスターを前に深々と頭を下げた。

「いえいえ、人はどうしても取り繕《つくろ》わなければいけない時も多いでしょう。ですが、どうかご自分の心だけは偽らずにいてください」

と、マスターは空を仰ぐ。

「自分の心を整えるヒントが月の星座にある。これからも、自分の月の星座を決して忘れないでください。そうすると、自分の太陽――人生が輝くのです」

はい、と私は涙を拭って、笑顔を見せた。

「良かった、もう大丈夫そうですね。最後にもう一度、フルートを聴かせていただけませんか？　新しい年を迎えたお祝いに」

私は、喜んで、と大きくうなずく。

仁王立ちになり、首を傾けて、フルートを口に持っていく。

心を整えてから、ゆっくりと息を吹き込んだ。

この時、私が演奏したのは、『精霊の踊り』ではなく、私が大好きな曲。

――『星に願いを』だ。

私はこれまで、自分に嘘ばかりついていた。

もう、自分を偽らないという決意をこめて、目を瞑り、演奏する。澄んだ音色は、夜空の星々に吸い込まれていくようだ。

演奏を終え、目を開ける。

もう、『満月珈琲店』はなくなっていた。

夢から醒《さ》めたような熱っぽさが自分の体に残っている。

私がぼんやり河原に佇《たたず》んでいると、

「真帆ー、カレーできたよ！」

マンションのバルコニーから母の声がした。

振り返って、はーい、と声を上げる。
きっと、あの猫マスターとお目に掛かることはもうないだろう。
一抹の寂しさと清々しさが、春風のように吹き抜けていく。
私は再びお辞儀をして、鴨川を後にした。
それはまるで、魔法にかかったような出来事だった。

満月珈琲店の星占い

～心が整う12星座のスイーツ～

2025年3月17日　第1刷発行

文　望月《もちづき》麻衣《まい》　　絵　桜田《さくらだ》千尋《ちひろ》

発行者　加藤裕樹
編集　末吉亜里沙
発行所　株式会社ポプラ社
〒141-8210　東京都品川区西五反田3-5-8
JR目黒MARCビル12階
一般書ホームページ　www.webasta.jp
組版・校閲　株式会社鷗来堂
印刷・製本　中央精版印刷株式会社

占い監修　宮崎えり子（アロマ占星術サロン レ＊クレ）
星座アイコン・ホロスコープイラスト　雪月もちこ
ブックデザイン　bookwall

©Mai Mochizuki, Chihiro Sakurada 2025　Printed in Japan
N.D.C.913 79p 18cm ISBN978-4-591-18555-1

落丁・乱丁本はお取り替えいたします。ホームページ（www.poplar.co.jp）のお問い合わせ一覧よりご連絡ください。
読者の皆様からのお便りをお待ちしております。頂いたお便りは著者にお渡しいたします。

本書のコピー、スキャン、デジタル化等の無断複製は著作権法上での例外を除き禁じられています。
本書を代行業者等の第三者に依頼してスキャンやデジタル化することは、
たとえ個人や家庭内での利用であっても著作権法上認められておりません。

P8008494

参考文献

鏡リュウジ『鏡リュウジの占星術の教科書I　自分を知る編』（原書房）
鏡リュウジ『占いはなぜ当たるのですか』（説話社）